读者文摘全集精华版·爱情故事

冯有才　主编

DUZHE WENZHAI QUANJI JINGHUA BAN
AIQING GUSHI

北京工业大学出版社

图书在版编目（CIP）数据

读者文摘全集精华版·爱情故事 / 冯有才主编. —北京：北京工业大学出版社，2018.7
ISBN 978-7-5639-5803-0

Ⅰ. ①读…　Ⅱ. ①冯…　Ⅲ. ①故事－作品集－中国－当代　Ⅳ. ①I247.81

中国版本图书馆CIP数据核字（2018）第006601号

读者文摘全集精华版·爱情故事

主　　编：冯有才
责任编辑：马潇潇
装帧设计：同人阁文化传媒
出版发行：北京工业大学出版社
（北京市朝阳区平乐园100号　邮编：100124）
010-67391722（传真）bgdcbs@sina.com
出 版 人：郝　勇
经销单位：全国各地新华书店
承印单位：香河利华文化发展有限公司
开　　本：880毫米×1230毫米　1/32
印　　张：7.5
字　　数：178千字
版　　次：2018年7月第1版
印　　次：2018年7月第1次印刷
标准书号：ISBN 978-7-5639-5803-0
定　　价：26.80元

阅读是一种修行

曾几何时，城市的灯红酒绿与灯火阑珊映红了越来越多的脸颊，读书反倒成了一种奢侈。报刊亭越来越少，新华书店里也只有中小学生的身影，取而代之的，是越来越浓的商业气息，以及手机的全功能了。

我出生在20世纪80年代，处于一个尴尬的年龄段。没赶上七八十年代纯文学的火热，也没有赶上当下年轻人的潮流思想。但在我的成长中，读书是最令自己欣慰和幸福的事儿。可惜家里没有条件，书基本上是借来的，内容当然也是五花八门，既有中外历史名著，又有武侠小说，还有当代纯文学，当然，我最爱看的还是那些沁人心脾的心灵类期刊，比如《读者》《青年文摘》《辽宁青年》等。

切莫笑话我落伍。当下心灵鸡汤已泛滥成灾，您得想一想，当一个人在文字间寻求心灵自我都被嘲笑的时候，这个时代是怎样的可怕？更可怕的，就是自己不知道自己每日也在如此生活。

这些年，我去过不少城市，唯一印象深刻的，就是安徽省黄山市休宁县。这是一个皖南小县城。与全国其他大县相比，它毫不起眼，甚至可以说是微不足道。然而，它有一张名片让人印象深刻——全国状元县。这是古代出状元最多的县城。底蕴深厚的人文环境让历史中的文化人拼命汲取知识，考取功名。我在休宁住宿的那个晚上，特意逛了一下街，KTV、茶楼、棋牌室不多见，新华书店则营业到很晚很晚，且买书、看书的人不在少数，这的确令人欣慰与振奋。但愿当下的休宁依旧如故。

读书无关年龄，能看书尽量多看看书，给自己一个提升品位、净化心灵的机会，人生才能充实而又有意义。商业气息过于浓烈，心怎样才能静下来？这或许会影响个人的行为或决策。

看看书吧，给孩子一种榜样的力量！

看看书吧，给自己一次心灵的沉淀！

是为序。

冯有才

2017年11月15日

目录

第一章　谁肯为你变卖生命

第二章　短兵相接，或细水长流

第三章　60分的爱情是不及格的

第四章　风雨漂泊只为爱

第五章　爱，无须华丽的点缀

第六章　不要打破婚姻里的那份孤单

第七章 如果还有来生

第一章

谁肯为你变卖生命

有一种爱，感天动地，只在青春年少时；被爱的却未必知晓。但是，只要这一份爱真实存在过，爱的，被爱的，都是幸福的，也是幸运的；回首这一生，都能坦然地道一声无悔。

麦克阿瑟的爱情

文|姜钦峰

常听到有人抱怨，不知道该嫁给房子，还是嫁给爱情。更有甚者，择偶标准令人瞠目：“有车有房，父母双亡。”婚姻大事，俨然成了理财捷径。找个有钱人，果真能幸福吗？如果让麦克阿瑟听到，想必该发笑了。

麦克阿瑟是美国名将，战功赫赫。1921年，麦克阿瑟在西点军校任校长时，认识了布鲁克斯。这个小女人不仅长得花容月貌，而且家族背景显赫，个人资产超过1.5亿！麦克阿瑟第一眼见到她，当时就被迷得找不着北了，用他自己的话说，“仿佛顷刻间世界在脚下裂开，我像一只中弹的小鸟，从树上跌进了深渊”！

第二年情人节，麦克阿瑟和布鲁克斯举行了盛大的婚礼，美国各大媒体争相报道，称之为“战神与财娘的绝配”，两人羡煞旁人。哪知好景不长，布鲁克斯出身贵族，过惯了灯红酒绿的生活，渐渐厌倦了枯燥的军旅生活。她希望丈夫退出军界，下海经商，却遭到麦克阿瑟的拒绝。要他脱下军装，还不如干脆杀了他。劝说不成，布鲁克斯又以离婚相要挟，要么退出军界，要么离婚！

布鲁克斯财大气粗，自命不凡，妄图把丈夫牢牢控制在手心，一心想按自己的意志来改造对方。可怜麦克阿瑟堂堂的五星上将，娶回了“财娘”，却不幸失去了自由。正所谓“生命诚可贵，爱情价更高。若为自由故，二者皆可抛”。两人分道扬镳，不过是时间问题。两人分歧越来越大，终是无法挽回，七年后正式离婚。谁也没想到，这桩“绝配”竟会如此短命。

1935年10月，他在前往菲律宾赴任的轮船上，邂逅了费尔克洛斯。费尔克洛斯第一次见到麦克阿瑟时也变成了“中弹的小鸟”。不久后，二人结为伉俪，并生下一个孩子。此时的麦克阿瑟已年近花甲，朋友拿他开涮：“将军，想不到您宝刀未老啊！”麦克阿瑟喜笑颜开：“是啊，我也没想到，是我的‘老板’让我年轻到了当父亲的程度！”

两人婚后感情甚笃，相敬如宾，麦克阿瑟称爱妻为“我的老板”，费尔克洛斯则称他为“我的将军”——只此一句足以颠倒众生。大丈夫娶妻如此，夫复何求？她尊重丈夫的事业，从不横加干涉，而且绝对信任丈夫，常鼓励他去跳舞，但麦克阿瑟却坚决不跳。麦克阿瑟年轻时风流倜傥，原是舞林高手。但自从和费尔克洛斯结婚后，他毅然戒舞。

“二战”爆发初期，美军备战不足，菲律宾已处在日军的炮火笼罩之下。麦克阿瑟打算先让妻儿撤离，但费尔克洛斯坚决反对：“我的将军，无论到什么时候，我们三人永不分离！”这位久经沙场的硬汉不禁热泪盈眶，两人再未分离过，直至白头。

麦克阿瑟经历的两次婚姻，如同他的军旅生涯，胜负各半，前后比较起来，颇值得思考。前妻布鲁克斯出身名门望族，家财万贯，年轻漂亮；反观费尔克洛斯，一介草民，年纪不小，无论容貌、地位、财富，根本无法与布鲁克斯相提并论。如果放到现在，恐怕仍有人愿意选择前者。

最糟糕的理财方式，莫过于自己的婚姻与金钱利益混为一谈。如果你不想半路破产，不如选择爱情。

原载于《婚姻与家庭》

因为貉，所以爱

文|冯有才

去动物园的时候，正赶上活动，所以她没花钱买票就进去了。

在笼子前，讲解员正给一大群小学生讲解动物知识，看着热闹的人群，她也围了上去。尽管她没有什么心思听。讲解员讲解的是貉，就是小时候书上说的词语“一丘之貉”的“貉”。

讲解员说，三年前，动物园里只有一对非常年轻的夫妻貉。当时饲养员给它们喂食的时候，它们总是因为争抢食物而打架，并且，整整打了一年。第二年开春的时候，它们忽然间安静下来，尤其是那只公貉，喂食的时候，对食物竟然无动于衷，不但没有和母貉争，而且显得十分文静。开始的时候，饲养员以为公貉生病了，于是给它做了个全面检查，结果发现它一点毛病也没有，就在工作人员感觉很纳闷的时候，母貉的肚子渐渐大了起来。这个时候大家才明白，原来是母貉怀孕了。

由于定量的食物都让给了母貉吃，不久，公貉竟然出现营养不良的状况，于是有游客建议把它单独喂养起来，不过动物园的专家很快就否决了——如果它连自己的“爱妻”都不能见，那不更是茶不思、饭不想吗？那不是更憔悴吗？最后，饲养员决定加大食物量，这个时候，在母貉吃饱了不吃的情况下，公貉才勉强吃饱。

几个月后，四只小貉出生了，母貉也开始不吃那么多食物了，即使是饲养员加大食物的分量，它们也不先急着吃。而是等小貉们吃饱了以后，再让母貉吃，最后才轮到公貉吃。后来，动物园把几只小貉分开单独喂养了，笼子里仍关着它们这对夫妇。这个时候，饲养员喂它们食物的时候，它们竟然不打架了。尤其是公貉，居然绅士般地让母貉先吃。

听到这，她的心怦然一动。

步行回家的时候，天已经黑了，爸爸妈妈正好把菜端上桌。吃饭的时候，她忽然说了一句：他的爸爸正好下个礼拜一出狱。

她的爸爸妈妈很是一惊，没有吃饭，只紧紧地看着她。

她低着头，补充了一句：明天我还是回去吧，他一个人在家，不会做饭，不会洗衣服，不会给小孩讲故事。说这话的时候，她的声音似乎有点颤抖。

原载于《辽宁青年》

谁能为你变卖家产

文|朱国勇

她的一生，情感多磨，孑然一身。60岁时，得了癌症，即将不久于人世。回首自己落寞的一生，她找了一位律师，想把自己的巨额财富留给一位珍爱她的男人。

她回到国内，回到阔别多年的故乡，住进当地一家著名的医院。她的律师，为她设计了一道测试题。

律师给所有与她有过恋情的男人们去了一封信，包括她的两位前夫与数任男友。信中说，她得了重病，需要医药费近百万元，希望他们伸出援手，信后附了她的电话号码。一个月后，竟然没有丝毫音信。她失望不已，心境凄凉。

她又去信给她大学的同窗，过去的员工，生意上的伙伴……同样地，毫无消息。

她的病情一天比一天加重，心境一天比一天凄凉。此时，律师找到了她高中同学的联系方式，给她的高中同学每人写了一封信。

一个星期后，她的手机响了。电话那头的人的嗓音陌生，但清晰地叫着她的名字，关切地问着她的病情，声音中透着难言的激动与颤抖。几天后，病房的门被推开了，一个老人一脸风尘地走了进来，眼中满是怜惜与不舍。老人拿出一张存折，20多万，这是老人卖了房产倾尽所有才凑出来的。她仔细地想着老人的名字，没什么印象，却又似乎有着这么一点印象。

她问老人为什么。老人的目光深情而执着。他说，因为爱，从17岁就开始爱，爱了40多年，爱得深挚而无悔。本想，总有表白收获的一天，可是高中一毕业就断了音信，空让无数的相思默默凋零。

40多年，一万多个日日夜夜，多少回风中凝望，多少回露冷浸衣啊！听着听着，她泪流满面，寂寞了一生的悲苦心灵，却在弥留之际，收获了一份浓情。在老人深情的凝视中，她低下头，恍然回到了一脸红晕的少年时光。

此后的三个月中，他和她或执子之手，漫步夕阳下；或咬耳私语，嘘寒问暖，仿佛相濡以沫了40多年的夫妻，留下了许多温暖人心的暮暮朝朝。

三个月后，她去了，她是含着微笑离去的。他号啕大哭，哭完又笑，笑了又哭。最后，他擦干泪水，把她遗留的所有财富全部捐献出去。

他说，他的一生只活了三个月。

而她，又何尝不是呢?

有一种爱，感天动地，只在年少；被爱的，却未必知晓。但是，只要这一份爱真实存在过，爱的，被爱的，都是幸福的，也是幸运的；回首这一生时，都能坦然地道一声无悔。

原载于《青年文摘》

在他乡开放的樱花

文|路勇

杜哲宇热爱武汉这座城市，准确说，他热爱著名学府武汉大学，向往武汉大学那三月间开放的一树树樱花。当然，杜哲宇不只是想免费看武汉大学的樱花而已，他希望自己能在武汉大学念书、恋爱；毕业后，也希望能在武汉找一份不错的工作，并且住在离武汉大学和樱花树不远的地方。

显然，命运是厚待杜哲宇的，他的所有梦想都实现了。考进武汉大学的杜哲宇甚至就住在樱园，他总能看到每年的第一瓣樱花开放，那一缕缕花香让他深深沉醉。当时网络上还没有武汉大学樱花开放的消息，杜哲宇会悄悄告诉自己的朋友们、网友们。后来，杜哲宇认识了外校同样喜爱樱花的女孩，他们甜蜜相处并在毕业后一起留汉工作，并且成立了幸福的小家庭。杜哲宇和夫人按揭了一套东湖边的房子，有时候登高望远，还能看到樱花树高耸的枝条。花开的时候，树尖的那一抹雪白或绯红，都会让杜哲宇和夫人雀跃。再后来，杜哲宇的夫人给他生了个可爱的女儿，女儿名字就叫杜小樱。

可是，命运又不总是厚待同一个人的，公司要选派杜哲宇去外省任地域经理。对于别的人来说，这是一个晋升机会，名利双收的诱惑怎么也挡不住。可是，杜哲宇的心却是忧伤的，他舍不得他热爱的武汉、武汉大学、武汉大学的樱花花海。哪怕职位提高了一级、薪水提高了两级，那座没有樱花开放的城市对于杜哲宇来说，就像一座失意的“废都”。可是，杜哲宇并没有选择的权力，公司的发展大计胜过了个人的小情怀。夫人小心翼翼地说，“亲爱的，说不准未来的某一天，他乡也会有樱花开放的时刻。”

把武汉当成故乡的一家人就这样离开了，在陌生的城市努力打拼和融入。其实，除了没有樱花开放的三月，那也算是一个非常不错的小城，那里有美丽的湖水、鲜红的枫叶，还有成片的猕猴桃林。只是每当午夜梦回，杜哲宇的心头还是牵挂着樱花，特别是每年的三月间，对于樱花的向往让他倍感煎熬。有时候，夫人、女儿会陪杜哲宇回到武汉，回到武汉大学，他们流连在花期中、穿梭于花枝下。更多的时候，忙碌的工作和遥远的距离，让樱花渐渐成为一种模糊的记忆。

杜哲宇常常问夫人，其实也是问自己：“为了获得更好的前途，放弃我最初热爱的樱花和城市，到底值不值得，是不是错了？”夫人总是笑着说：“亲爱的，你不是还有我，还有小樱吗？而且，说不定，未来的某一天，樱花也会在他乡开放呢。”杜哲宇不再说什么，思绪偶尔会飘回昨天，更多的时候，他还是努力地工作，把公司当作自己的家或生命的一部分。总部对杜哲宇的评价很高：“他是公司的骨干，他到达分部，带给分部的是一缕绚烂的阳光，还有不可预知的辉煌的未来。”

渐渐地，时间久了些，杜哲宇也不再常常提起樱花，毕竟花朵不是男人生活的全部，事业才是最大的追求。由于事业上有了起色，杜哲宇卖了武汉东湖边的房子，在陌生的城市重新购置了房产。装修的时候，小樱卧室的墙纸是她自己选的，她选的是那种有绯红樱花的墙纸，整个房间立即充斥着无尽的芬芳。杜哲宇看着墙壁上的樱花，有那么一刻晃神，很快心境又恢复淡然。

转眼又是一年，又是三月百花开放的春天，在小区广场的一隅竟然开放着樱花。站在怒放的樱花树面前，杜哲宇有一种恍若隔世的感觉，那一缕缕花香是那样熟悉，那一抹抹绯红或洁白是那样亲切，魂牵梦萦的武大樱花仿佛近在眼前。不知什么时候，杜哲宇的夫人和女儿小樱已在身后，那种久违的幸福感开始在心间沸腾，杜哲宇不再怀疑自己的选择，夫人说的那句“他乡也会有樱花开放的时刻”，实实在在地成了现实了，那不再是不敢奢望的梦了。

后来，杜哲宇知道，是夫人向业主委员会，向物业公司多次提议，希望在小区里种植樱花树，并且和大家分享了他们的故事后，最终获得了大家一致的认可。据说，小区里的樱花树是从武汉整体移植而来，三月一到，小区的樱花便和遥远的武汉的樱花一起开放了。以前，杜哲宇曾听说过樱花承载着一个东瀛女子的爱情；现在，杜哲宇相信他乡即将年年开放的樱花，其实也包含着夫人深深浓浓的情谊。以后，不管生活在怎样的他乡，有着怎样的生活际遇，家人都会是他最大的依靠和慰藉。

其实，人生难免遭遇不能改变的突发状况，或许我们的生活、工作从此走向不一样的方向。适时地接纳并不是一种简单的妥协和容忍，其实更是一种智慧的切入和进取。

原载于《读书文摘》

不负红尘不负卿

文|朱国勇

她叫朱秋妹，他叫王臣根。她是我的姑奶奶，他是我的姑爷爷。

那一年，他们才16岁。他们都是朴实的农家子弟。每个清晨，他从溪边担水，她在溪边洗衣服。隔着热热闹闹的一群洗衣的村姑，他看着她俊朗地笑，她低头含羞。

他和她本是要结为夫妻的，两家的老人对这门婚事也中意得不得了。可是，一个阴沉的黄昏，他被路过村子的军队掳走了，先是到了福建，后来又去了台湾。这一去就是50多年，这期间，他从一名士兵做起，直到成了一名很有声望的少将。只是，他一直独身，因为，浅浅的海峡那头，有着他这一生最深的牵挂。他学会了吹箫，月华如水的夜晚，他就会奏起优美怆然的旋律，奏得最多的就是徐小凤的《明月千里寄相思》。

她呢，静静地守在那个寂寞的村庄，终身未嫁。秋风谢了春红，红颜渐成白发。她先是跟着父母过活，后来跟着弟弟，再后来，连弟弟都已亡故，她只好靠侄子照看。每个黄昏，她都会坐在村口的那棵老槐树下，静静地望着远方。他就是从这里离开的，她相信，终有一天，他会从这条路上归来。

终于，盼到了两岸“三通”，但是作为军方的高级将领，他却无法回乡探亲。于是，再盼。明月圆了又缺，苍山几度青黄，他终于退休了。可是，却又被告知要有五年的保密期，他梦见的无数次的归程，又成了泡影。

辗转打听到她的消息，当得知她依然独守时，他在向晚的风中，哽咽着，哭得像个孩子。提笔，给她写了一封信，删了又写，写了又改，千言万语最后只凝成了七个字：不负红尘不负卿。当这封信越过千山万水，递到她的手上时，她的脸上一时绽放出动人的光彩。她乐呵呵地举着信，在小村庄里，一个接一个地展示给别人看。直到夜阑人静四下无人之时，她才抱着信躲在被窝里，号啕大哭。

他的行程又不断地被种种托词耽搁，直到1999年他才回到了故乡。当他和她，双手颤抖、泪如雨下地搂在了一起时，他们已是71岁的高龄。

他们终于走到了一起。2000年元月6日，他们终于将自己的爱情演绎成了绝唱。高烧的花烛，大红的喜字，映着两位老人丝丝的白发。床头的木匣子里，细心地珍藏着他写给她的那一纸信笺：不负红尘不负卿。

人世间，情有万般，爱有千种，但归根结底，不过就是两个字：不负！这是最根本的，也是最极致的。至于是否浪漫，是否体贴，是否能人前风光，是否能赚钱，都是爱情这棵大树上的一些细枝末节。哪怕这所有的细枝末节都已失去，只要还有一颗“不负”的心，这棵爱的大树就依然坚实稳固，能经所有世上的风雨……

原载于《合肥晚报》

爱情纸条丢了

文|罗西

那是读高一的时候，米与班长伦有一段秘密的交往，他们喜欢通过递字条来言情传情，字条被偷偷放在她文具盒里，或还书时夹在他书本里……是的，学生时代喜欢一个人，连作业叠放在一起都觉得幸福得那么紧致。

伦非常聪明，所有的考试对他而言都是小菜一碟，有一次，在大家还在埋头赶考题的时候，他已全做完了，百无聊赖，只好想米。咫尺天涯的感觉，让他难熬，于是写了张字条，悄然扔给斜对面的米。米太专注于考题，根本就没有反应，但是，这一切被监考老师看到了，他捡起那纸团，打开一看，不是写什么答案，而是更出格的文字："我想你了，米米！"

这个老师居然当场朗读他在纸条上的情话，全班哗然，米哭了，伦咬牙切齿，他悔恨，心疼着米。他们的地下情本是神不知鬼不觉的，这很古典。"当我心有挚爱时，我绝不向任何人说出他们是谁，说出来就好比一点点出卖他们。我愈来愈喜爱隐秘了。这样似乎能使我们体会到现代生活的秘密和美妙，最最普遍的事，只要掩盖起来，就会变得妙不可言。"这是米摘抄的一段话，王尔德的。伦一直配合米，把这个秘密藏得压抑而甜蜜，美酒就是这么酿的。

这下，他们的恋情公开了。那个年代，"早恋"是一种违纪行为，甚至是一种罪。伦顾虑的仍然是米的处境。为了让自己心爱的女孩能有个没有舆论压力的学习环境，他接受了校方与米父母的“建议”，自动退学，立即人间蒸发，到了外地继续求学，并且在双方家长面前保证“不再打扰”米……因为他的离去，米重回宁静中。

渐渐地，他们真的就失去了联系。后来，他们都考上了理想的大学。米一直珍藏着唯一的一张字条，就是被老师误会为“小抄”的那张，也是最后一张。之前收到的字条，他们双方都按约将其及时烧掉，像间谍销毁情报一样看后即焚，根本不留一丝痕迹。日子一天天过去，米有写日记的习惯，日记本一次次更新，每次换日记本，她都会把那张字条转移到最新的日记本里……

十几年过去了，有一天，米突然想起那张字条，可已经找不到了，她真的不知道它是在哪个日记本里失踪的。那一刻，是午夜，月色清凉，顺着窗帘流泻，无声，她莫名地有些感伤。中学那些秘密交往的记忆，怎么变得那么渺茫，像是未来的，而不是昨天的。伦怎么没有再来找过自己？大学都毕业了，一晃两人分别已是将近10年，连自己小女儿都会唱陈奕迅的《十年》，难道纯真的岁月最禁不起考验，纯真的感情也最脆弱？

半夜一个人自嘲一笑，让自己越发冰冷。喝了一杯速溶咖啡，听了几首老歌，米终于释然了，因为岁月让彼此都有足够的空间成长或者遗忘，所以她不会责怪与埋怨对方的，因为她自己也在岁月流逝中丢失了那张初恋的纸条，而且失去得非常自然，没有波痕，犹如时光日夜流失，不痛，不觉。

后来的后来，在一次老同学的聚会上，米与伦重逢，笑谈过去那泛黄的一页，居然不再伤感，更没有恨，只有大笑。眼角有泪。

回家的路上，米告诉了开车来接她的丈夫有关这个往事的一切，然后她不无诧异地问丈夫："为什么我们都不伤感？"丈夫腾出一只手，摸了一下她的脸："因为你们现在都很幸福，幸福的人是不会留恋过去的。"

米恍然大悟，感动地回赠丈夫一个吻，这是幸福，幸福只有现在时。

原载于《青年文摘》

父母的爱情

文|魏振强

父亲只念过三年的书，而母亲一天学也没上过，她连“爱情”这两个字都不会写，甚至也不懂。但在我看来，她和父亲之间的感情却是名副其实的爱情。

父亲和母亲的结合很偶然。外公年轻时喜欢到处跑，遇见了我的爷爷，他们在一起喝酒，喝得很尽兴。外公醉眼蒙眬地看到站在一边的我的父亲，那个很憨厚朴实的小伙子。外公想到他还有一个年纪相仿的女儿，就说我们两家结个亲吧。爷爷晕晕乎乎地说，好！好！10年之后，父亲和母亲真的成了两口子。

在我的印象中，母亲好像总是在为下锅的米、家里的零用钱和我们兄弟的学费发愁。有一次，她去我的表叔家借钱，我也跟着去了，表叔正在喝酒，他看我母亲吞吞吐吐的样子，心里肯定就明白了，他没说话，继续喝他的酒，母亲耐心地等他将最后一滴酒倒入嘴中，才说明来意。他一听，脸色就变了：饭都没得吃，还念什么书呢，真是作孽！母亲的泪水一下子就流出来了，她拽着我就走，可快到家时，她又改变了主意：你先回去，我再去借一趟。我拦她，她比我更倔：不到他家，朝谁借呢？借不到，你们就念不成书啊……那天她到家时已经很晚了，可手里却捏着几块钱！

父亲的脾气憨，他是不会去借钱的，母亲也不会让他去。

在她看来，男人是千万不能丢面子的，所以，脾气急躁的她，却很少不给父亲面子。父亲有时外出，她总是想方设法弄几块钱给他装着，生怕他在别人面前丢了面子。过年时，她给我们做新衣服，也要给父亲做一套，却极少想到自己。父亲的眼睛不好，做田里的活不方便，母亲就自己下地架电线、拉电闸、锄草、施肥。父亲虽不爱说话，可母亲对他的好，他心里明白得很，每次放工回到家，他总是抢着去做饭。

我们成家后，家里的条件逐渐好转了，母亲拽着父亲到县城配了眼镜，父亲起初戴时还羞羞答答的，母亲说：这么大年纪，戴个眼镜还怕什么丑啊！

父亲和母亲在一起生活有40年了。这么多年来，我们没听过他们之间说什么亲密的话语，更没看到他们像城里老人那样在黄昏的时候，浪漫温馨地牵着手走。他们除了给对方多做几件衣服，给对方多盛几次饭之外，实在没有什么震撼人心的情节。这虽然不一定是所有农民示爱的方式，但起码是属于我父母相爱的方式。

原载于《扬子晚报》

痴心总是读书人

文|朱国勇

你站在桥上看风景，
看风景人在楼上看你。
明月装饰了你的窗子，
你装饰了别人的梦。

对于卞之琳来讲，张充和便是他永远的梦。如果说，爱也有错的话，千不该万不该，他不该爱上了清贵的张家四小姐。他们之间的故事至今读来，仍然盈盈流转，恍如颗颗红尘泪……

1933年秋，北京大学迎来了又一批新生。在这数千名青涩稚嫩的面庞里，只有三个女生，其中一位就是张充和。

或许冥冥中就有一段缘吧。那个飘着叶子的下午，秋风有了凉意。卞之琳去拜访沈从文，远远地，就看见老冬青树下坐着一群人。斑斓的阳光透过树梢照下来，一个秀美的女子，短发清雅，笑容婉约，透着梦幻般的美感，正兴致勃勃地谈论着。在这位精致的女子面前，巴金、沈从文、郑振铎，这些后来名满全中国的人都成了静静的听众。

张充和的二姐张允和介绍说："卞同学过来，这是我四妹张充和。"张充和大大方方地拉起卞之琳的手，两只眼睛笑成弯弯的月牙儿，轻轻地说："卞师兄，多多关照！"

卞之琳从来没有与青春玉女的纤巧小手轻握的经验，张充和这一拉手，竟然把意气风发的青年诗人羞了一个大红脸。晴空里，仿佛有霹雳在轰鸣，千回百转，寻了多年的，就是她了！

同所有的青年男女一样，爱情刚开始总是无限美好。他们谈诗歌，谈人生，在未名湖上泛舟，北海公园看花，一起度过了许多美好而快乐的时光。

张充和家学渊博，自幼唱得一口好昆曲。在月光下，张充和咿咿呀呀地唱着，那柔美的曲调，打着颤音，在辽阔的夜色里滑得又高又远，把卞之琳弄得心魂俱醉。

卞之琳陷得越来越深了，而此时，张充和却开始悄悄地抽身了。其实开始的时候，张充和对这位才华横溢的年轻诗人也是动心的。可是张充和出身名门世家，自小就见惯了迎来送往、玲珑应对，卞之琳的羞涩内向，在她的眼里就成了小家子气。

卞之琳托二姐张允和去试探张充和。张充和轻轻一笑："还是太嫩了。"

卞之琳深情的内心从此有了红花有意，逝水东流的伤感。

其间，也曾有过转机的。1935年，张充和患了肺结核，只好休学回苏州静养。1936年，卞之琳专程去苏州看她。由于生病，这一年多来，张充和失去了与朋友的联系，生活上处于一种隔离状态。卞之琳的到来，让张充和情绪极佳。她自告奋勇，主动陪同卞之琳游遍了苏州的风景名胜。两个人相处得很快乐。老苏州，这里本就优美得极易催生爱情，张充和也重新有了一种美妙的心动。卞之琳多年之后还说，这些日子，是他一生中最快乐的时光。

可是，因为爱得太深，于是无法自信，卞之琳一直不敢表白。卞之琳说："多疑使我缺乏自信，文弱使我抑制冲动。隐隐中我又在希望中预感到无望，预感到这只是开花不会结果。"

十多天后，卞之琳告辞西去，张充和依依不舍送到苏州河边。

1937年8月，战争使社会动荡不安，张充和困守在合肥乡下。卞之琳此时在四川大学任教，得知张充和的情况后，立刻邀请张充和来成都发展。

来到四川大学后，卞之琳与张充和重新开始了一段愉悦的相处。如果就此发展下去，或许可以成就一段佳话。可是，命运又一次跟卞之琳开了个大大的玩笑。

原来，四川大学几位热心的教授也看出了卞、张之间男女情爱的苗头，这给大家平淡的生活注入了兴奋剂。因此，这些教授开始给卞之琳出谋划策，在酒宴上也将卞、张二人作为打趣的对象。

这本是教授们的一番好意，可是张充和受不了。她出身名门，有着良好的教养，自幼清贵。她判定卞之琳与教授们在宴席上的这种行为“言容鄙陋，无可观听”。

自此，张充和彻底淡漠了卞之琳，1947年，张充和与傅汉思开始了一段全新的感情，次年，两人迁居美国。

1953年，卞之琳来到浙江富阳农村，参与农业合作化的运动。那是秋天。入夜的浙江乡村寂静、清明，似乎还流动着几分温馨的轻愁。卞之琳入宿之处，竟然是张充和从前住过的闺房！旧居依然，玉人已去。卞之琳回想自己当时的心境是:“秋夜枯坐原主人留下的空书桌前，偶翻空抽屉，赫然瞥见一张无人过问的字稿，取出一看，原来是沈尹默给张充和圈改的几首词稿。”顿时，卞之琳百感交集。这一次巧遇，为这一段早已逝去的爱情，平添了一段伤感。

1955年10月1日，卞之琳终于结婚，时年45岁。

2000年12月2日，年满九旬的卞之琳溘然长逝。张充和托人送来了一个花圈。这或许是张充和对卞之琳相思一生唯一的安慰。

痴心总是读书人，自古皆然。读书人，因为单纯，所以深情；又因为单纯，带来许多性格上的弱点，从而错失一段良缘。让后人，徒增了几分感叹。

原载于《中国教师报》

为你穿一件光滑的毛衣

文|冯俊杰

在刚刚认识的时候，两个人晚上一起去游玩。走得累了，在城市的一家大排档坐了下来。

夏天的天气很炎热，一起要了一盘切好的西瓜片。吃第一片西瓜的时候，她用牙签串起，却不是给自己的，而是送到了他的嘴巴边。他有点羞涩，把西瓜片含进嘴巴里。他忽然回忆起第一次吃这种水果时的滋味。夏天的太阳当头照下来，就如同现在，那种感觉浮现出来。很甜，很甜。一刹那，他觉得自己很快乐。现在，就好像是第一次感觉到甜的味道。

他能够感觉到全部的爱的味道。

后来，她刚买回来的衣服不小心粘了碎小棉花，滚上了毛球。可是她很爱那件衣服。她还打算明天穿出去。不过算了，还有别的衣服可以穿的，于是她先睡觉了，把衣服放到了一边。

他没有睡。月光从黯淡到灿烂，再隐去。

第二天，她看到衣服上，细小的毛球已经所余不多。他在早上的光线里，拿针，为她细致地挑去最后的一些。

早上的一切都是沉静的。他把衣服给她，她轻轻地穿上去，她去参加了别人的婚礼。回来的时候，带给他一只小小领带夹。他也乐得直接夹起来，很好，很合适。

他们什么都不曾多说，终于决定，一只手，握住另外一只手，并且不再放开。他们之间确实存在爱，那些便是证据。对他们来说，爱是“为你穿上一件光滑的毛衣”。

那些淡淡小小的细节，证明了爱。

原载于《都市心情》

寻找很爱很爱

文|冯俊杰

城市西南角落的湖水公园，一棵银杏合抱树在那里生长了许多年。树中间有长椅一把。一边稍繁盛厚实，一边稀疏而长。她叫他阿盛，他叫她清修。她问：我们是不是到了恋爱的时节？阿盛就说：是的啊，但是我们不懂怎么爱啊。

清修说：不懂咱们就看看别人是怎么做的啊！有树荫并且有双人座位的地方，就一定有情人。

有一对情侣，约会一直在这里见面。那天女孩因为公司会议而延误了，当她赶到的时候已经迟到了半个多小时，男友很不高兴："你每次都这样，我再也受不了你了！"两个人朝相反方向走开，再也没来过。

他们看得津津有味。

同样是这个地方，有一个女孩赶到的时候也迟到了大半个钟头，男友说："我想你一定忙坏了吧。"接着他为女孩拭去脸上的汗水，并且脱去外套盖在女孩身上，女孩也流泪了，却是含笑着。

阿盛与清修因为感动，抱得更加紧密。叶子在风中颤抖，发出细微的吟唱，那种美好的感觉抵达树根。同时发问：这就是爱吗？

一个又一个故事发生，爱情似乎越发深刻。直到看见这样一个故事。

女孩对男孩说：我们分手吧！没有比较就没有鉴别，没有选择我怎么知道你是不是适合我？男孩又痛苦又困惑：我们不是在一起好久吗？女孩回答：爱情就跟水果一样，苹果荔枝都要尝了才知道自己最喜欢什么。我要找一个自己很爱很爱的人。最后走的是流泪的男孩。

这一幕看完，彼此沉默了许久。清修先开口道："我要找一个自己很爱很爱的人。"

三个月后，公园改建的时候，迁移树体，他们被强行分开了。见面机会，可以说接近于零。

诀别的刹那，阿盛问清修：怎样，才算是很爱很爱？她却无法回答他，因为她自己也不知道。

清修，再也没有阿盛的消息。前后左右的树木都好，却始终找不到那种感觉。而那个问题，她一直在想。她还是怀念和他一起看故事、亲密拥抱的日子，以及那些日子里的阿盛，还有那个最后走的男孩的眼泪。直到有一天，叶子掉光，她忽然明白：其实，她的怀念，正是很爱很爱。

他们在一起经历了许多事，分开后她发现自己很想和他永远在一起。原来很爱很爱的感觉，就是这样产生的。那是一起相爱多年，才培育出来的东西。

她郁郁而终。

原载于《楚天都市报》

不要在星期天吻我

文|罗西

我曾无限同情我的一位朋友，他老得比爱国者导弹还快，胡子比头发多；难得与我们聚会，不到半个钟头里，他家的“母狮子”就猛打了三通电话，曾经风流倜傥的他在接到恐吓电话时，眼神是慌乱的，并夹带着某种惭愧与卑微。后来就传出他们婚变的消息，原来他与太太千挑万选带回去的乡下小保姆产生了恋情，他原配百思不得其解：“我怎么啦？我漂亮能干对他那么好，他却在我眼皮底下叛变！”而我这位同学的回应是：“小保姆比你富氧！”

被圈养的男人普遍感到自己在家里呼吸不通畅、压抑，空气稀薄。那位老兄常常半夜借下楼扔垃圾为由在停车坪边偷偷地抽一根烟，一旦听到二楼窗户打开了，便赶忙把烟扔了，即兴做些伸伸手踢踢腿扩扩胸的运动，回到床头时还得解释说，那是在做“热身”，准备为太太服务……

现在他解放了，扬眉吐气了，不必为撒谎与圆谎而殚精竭虑鞠躬尽瘁！他几次热情地约我们出来吃饭，在酒桌上还不时主动打电话回去问候那个新太太，“多喝点水，维生素C在抽屉里”或者是“不要等我，你先睡好吗”。口气非常体贴，有点撒娇，像个白马王子，之前他活得像只瘟鸡。而旧太太则是个尽职的兽医，也许她出发点是好的，但她左手是药，右手拿针……

整天做斯守状的夫妻，容易产生敌视与轻视情绪，从而毒化婚姻品质。放养，只是一种放手，而不是放弃，有张有弛，亲密有间。爱情这东西，不能刻意管理，如蝴蝶，抓得紧，会死掉，它更喜欢自由的天空。

放养男人，从另一个层面上看，也是女性自身的解放，男人是用来爱的，但不是用来管的，看守他不是一件省心的事，把权力关进笼子里，做梦吧！与其这样，还不如让他自由生活，就好像放飞风筝，它飞得再远，线头还捏在手里，如果有爱，还怕什么？如果对爱缺失了信心，你再怎么重兵看守，还是留不住他的。

所以，放养男人，与其说是一种“情感智慧”，还不如说是一种自信的“爱情放牧”。圈养丈夫，就是囚禁自己不安的心，这个世界上没有全天候的爱情，所以顺势给爱情一个星期天吧，学会对爱人说：“不要在星期天吻我！”放养他，他跑累了，会乖乖回家的，你只要准备一颗放心一颗信心还有一颗甜心，做个稳操胜券、怡然自得的“三心牌”新好太太。

爱情也有星期天，亲密有间，是一种爱的智慧。不要企求同饮一杯酒，同用一个枕头，有时，一条河比一座桥更有益于彼此的相守相望。如果要“一辈子”的爱，有时得放弃“一被子”的需求。

原载于《羊城晚报》

第二章

短兵相接，或细水长流

完美的婚姻常常要经过好几番磨砺，最后或能遇到深爱的，当然也有可能遇不到。没有真爱，就没有深爱。

其实也别贪心，人生在世，能遇到一段或几段或长或短的爱情已经是很不错了。我们缅怀的往往是真爱，却不是深爱。真爱在乎的是“美”，深爱珍惜的是“好”。真爱是短兵相接，深爱是细水长流。

有爱不觉天涯远

文|朱国勇

我不知道，从湘西的凤凰到安徽的庐江，是怎样一段漫长的距离。在交通异常不便的30年代，一个裹着小脚的女子，是怎样一步一步走完这一段完全陌生的路程的。

这个女子，是我远房的一个舅奶奶。1932年，在湘西当了10年学徒的舅爷回到了阔别多年的故乡安徽。一个月后，20岁的舅奶奶，一个蓝头巾包着两件旧衣服寻上门来，显得那么唐突。好在舅爷一见她，就像找回了自己的魂似的。三五个邻人，一坛自家酿造的米酒，这样就成就了这段姻缘。

我问过舅奶奶：湘西远吗？不累吗？就不怕吗？

没想过那么多，就觉得快点走，就能见到你舅爷了。

日薄西山，有斑驳的阳光落在舅奶奶的脸上，映得她慈祥而安定。

辞家别乡，远涉山川，将生息几十年的故乡抛在身后，为的，不过是一个男人。当她出发的时候，甚至，连一句他的承诺都没有。那遥远的路，其实有着太多的未知与坎坷，都来不及想了，因为眼前心上，全是他。

几十年来，舅爷与舅奶奶相濡以沫恩爱非常，如今，早已儿女满堂。用乡里人的话说，是个“福”人了。只是，我常想，万一舅奶奶被辜负，这一千多里的归程，又何去何从？

今年6月，友人唐诗诗去广州，我去送她。已是初夏，唐诗诗单衣长裙，好不风采。她在县委组织部工作，那是人人羡慕的铁饭碗，父兄在当地都较有声望。这次，唐诗诗辞了工作，知道的人都很惋惜。

网恋一年，相处两年，是该开花结果的时候了，唐诗诗是这样说的。

也说不上什么不对，因为，在那繁华的广州，一个情真意切的儿郎，已经布置好婚房在等她了。

挥挥手，唐诗诗就走了。大风卷起她的裙角，我忽然觉得她有点孤单。

血浓于水的家人，自小玩到大的伙伴，加起来，竟及不上一个他。唐诗诗走了，那么决绝与迫不及待。仅仅，为一句爱的承诺。

广州，那个灯红酒绿的世界，充满了多少诱惑，万一唐诗诗的爱情半路夭折，她上哪去寻这么好的工作。往好处想吧，小两口如果拌嘴了，想到母亲的怀里哭一场也难啊！除了他，广州的一切，她是多么陌生啊，逢年过节，会不会顿生天涯零落的感怀……

如果说这是一纸合同，那么唐诗诗是绝对的弱势，没有任何的保障。男方那边只要生了差池，她就会损失惨重。

或者，是我太多虑了吧。

女人，都是一颗风中漂泊的种子。毕生的漂泊，只为了一个爱的承诺。一旦有了，就抛家别国义无反顾，甘愿去一个全然陌生的城市。而所有曾经的一切，轻易就被丢在身后。

原载于《中国妇女报》

婚姻要有默契感

文|罗西

有60%的人觉得枕边人是“身体熟悉，心灵陌生”。

她与他恋爱的最初，她老问：你喜欢胖还是瘦，是更喜欢姐姐还是妹妹？诸如此类，他总给不了答案。她生气，焦急，然后想，没劲，算了。这时他说了一句：爱情里有一句口头禅叫什么？就是“你猜”。

“猜”也是恋爱的一种妙趣，猜谜猜心，就是别猜疑。“懂”固然舒心，但是却少了一点趣味。

婚后，月夜，他与她躺着聊哲学、聊人生，聊着聊着吵起来。他说：你就不能包容我一点？她终于答道：我的身体已经包容你了，思想就不了。

爱你就够了，互相吸引就好；至于是不是知己，也没有那么重要了。相反，知道太多，反而败了爱情的兴；爱情是一种酒，不同于清水，要有“秘密”，才可以保持醇香。

贸然地成为知己，最后通常会落得“因了解而分开”。

有“爱情赢家”之美誉的小S也这样谆谆教导后来者：不需要追求跟你的男人有聊不完的话！男人就是男人，能在寒风中紧紧抓着他的手臂，就是一种幸福！想聊到昏天暗地、欲罢不能，那是姐妹淘的事！强求，反而辛苦！就安静或风骚地跟你的男人吃顿饭睡个觉吧！演员黄磊也说：谈心事，他更愿意和男朋友聊，而不是太太。

跟知己成“红粉”或者“蓝颜”可以，跟知己睡觉甚至结婚是不是就“知道得太多了”？爱情需要激情，激情往往需要想象来添油加醋，甚至需要错判来添砖加瓦……若是懂了，做知音就好。

爱情社交里，你错了的时候就承认，你对了的时候就闭嘴；不需要知道太多，只需要让着她。总有人感叹“为何总觉得枕边人不是知己”，澳大利亚麦考瑞大学统计学家约翰·克劳彻多年研究调查发现，有60%的人觉得枕边人是身体熟悉，心灵陌生。

刚刚好才是真的好，“过犹不及”是不健康的！情人间、夫妻间也是一种“微社交”，太过于黏密的关系让人感到窒息，有压力；过于疏离又显得孤单落寞、被边缘。所以，恰到好处就好，知冷知热就好，知面知心很不错。

很多人希望自己的情侣、配偶是知己，是可以心有灵犀、彼此呼应与配合的，是真正的心心相印。其实，这是一种想象的境界与理想，爱情其实是给彼此穿上一件不同的隐形衣服。

婚姻里的两人，要有默契感，但是往往不是知己；彼此理解，比无尺度的了解更重要。人因自我而自由，也因自我而隔阂。别巴望枕边人可以包治百病。她给他发微信：“老公，你在干吗？在做梦吗？把梦传给我！在笑吗？把笑发过来……”过了一会儿，他微信回复道：“我在大便。”这就是生活，没有你预料的桥段，不如你所料的完美，但是不等于不如意。

原载于《婚姻与家庭》

相爱就是浪漫

文|罗西

单位附近的晋安路一带，属都市死角，鱼龙混杂，什么人都有。但是，我还是看到了一个冰清玉洁的少妇，她一般夏天卖西瓜，冬天卖甘蔗，后来，还卖热腾腾的玉米棒。其实，那些不再吃香的“半老小姐”就站在她附近等客拉客，有时还会无聊地帮她一下，比如帮腔说玉米棒是如何好吃……这样的情景，我会莫名地想起一个画面，桃花林里，有一丛兰花，桃花喊春，兰花含香。

有时，我也会向她买点东西，我有一个很朴素的傻念头，买她的东西，就是支持她、赞美她。她比任何一个“小姐”都好看，她是“清美人”，虽然她们年龄相仿，她有时是安静的，比如坐着，整理一下头发，或者点钱，显得一丝不苟。毛票在她手里，都是幸福的票据。有时，她也会大声叫卖，声音清脆，还有一丝丝的骄傲在里边，可能是觉得自己卖的东西真的不坏，更可能缘于一种坦荡的情怀，她实在地做自己的小买卖，是劳动，踏实、无愧，当然也安心。当偶尔有警车经过的时候，很多人抱头逃窜，特别是“流莺”，踩着高跟鞋跑，是那样狼狈、可怜。只有她还可以理直气壮地站着。

后来她又改行擦皮鞋。这天，当我坐下把脚小心地伸给她时，忍不住好奇地问她：“你比她们都漂亮，她们挣的钱比你多，好像也没有你这么累，风吹雨打的，你会委屈、不平衡吗？”她笑了：“很多人问过同样的问题，还有个包工头曾经天天来问价，真恶心。但是，我只有一个回答……”这时有人叫她，原来是她丈夫送饭来了，她兴奋地问他：“辣酱带了吗？”她丈夫点下头，带笑，留下句“天冷你早点回去”就骑着车走了，车后面驮着两筐香蕉。

到底怎么拒绝那些男人？她一边干活，一边说：“我只说，我有一个幸福的家庭！”她丈夫是踩着自行车叫卖水果的农民，他们已经接来儿子到福州读初一。因为丈夫工作是“流动的”，所以家务、接送儿子等都是他去做的。在租屋门口，有一面废弃的小黑板，每天晚上10点多她回去的时候，都可以在小黑板上看见一行字：老婆我爱你！房东、邻居都笑他们：乡下人也兴这个？他们只笑着点点头。来城里之前，他们想象城里人男女都是拥抱着出门、接吻着回家……因为电视里都这么演的，想不到自己比城里人还浪漫。这让他们很得意。

入睡前，她都要用抹布把黑板上那几个字擦掉，因为她心里期待丈夫第二天再写上新的。“我们都很穷，如果夫妻不恩爱，那不更穷？”她说这话的时候，非常美丽。他们是从四川一个偏僻山村来的，从小学开始一直都是同学，读高一的时候，她的学费还是他帮着交的。后来他父亲突然去世，两家都没有能力再供他们继续上学，只好双双选择退学……他们在学校偷偷恋爱的日子里，她每天都会在自己的课桌上看见三个字“我爱你”，字用铅笔写的，若隐若现，一般人是看不出的，只有她看到了，然后会心一笑地用橡皮擦擦掉……想不到，这个习惯延续到现在。

真爱是擦不掉的，更是永远颠覆不了的，不管你用什么力量、什么诱惑。因为有扎实的体面的爱，这个路边的女人，也可以幸福得理直气壮！

原载于《读者》

谢谢你，敢和我相爱

文|罗西

“非诚勿扰”里一幕：男嘉宾水先生是全国摩登舞季军，眼神清澈，笑容迷人，喜欢清雅文字……其心仪女生是三岁时失去双臂的“断臂天使”小姐，她自强不息。

他说，他只来实在的，“愿做你翅膀”；她迟疑，不舍，然后婉拒。两人失之交臂。

后来，她给出不敢接受的理由：“舞蹈是他的生命，想着不能和他共舞将是我一生的痛！”

不敢爱，其实是不够爱，是不敢疯狂。

读友问我：你要什么样的爱情？我随手写道：热烈，专一，但是可以短命。别给爱情太大压力。爱情本质是疯狂，不是完美。

勇敢，是爱情的骨。

好莱坞影星尼古拉斯·凯奇的妻子是一位韩裔美国人，在家快餐店当服务员，尼古拉斯·凯奇对她一见钟情，两人虽门不当户不对，但是一样幸福完婚。喜欢一个人容易，最后勇敢地以婚姻去巩固，则很难，需要勇气，勇气是一种心灵的能量、爱的分量。

勇敢的人，往往最接近幸福。爱情是勇敢者的幸福游戏。

他与她相爱五年，后分手。某天，她途经一个小巷子遇见他被人殴打，她疯了般捡起地上的石头、棍子没命地朝那几人扑去。那几人被震慑住，落荒而逃。朋友问她，既已恨入骨髓，何必出手相救？她摸着仍狂抖不止的双腿说，因为爱比恨多。

爱的本质就是勇敢，只是我们常常没有爱到那个份儿上，所以只体验或者看见自己的犹豫和懦弱。

谢谢你，敢和我相爱；也要谢谢你，可以那么勇敢地离开我，如同曾经那么勇敢地与我在一起。

一对情侣被变态杀手控制，要他们两人玩“石头剪刀布”，赢的人会被释放，输的死。他们相视，耳语，约定都出“石头”，一起死。

最后却是女孩死了。因为男孩出了剪刀，女孩出了布。她预计到，男友很爱她，定会出“剪刀”，所以女孩就突然改出“布”，为他保命。

最后剪刀剪了布。

不怕死是勇敢，而勇敢地上一台阶是爱，深深的互懂的爱。

他暗恋一个女孩好久，好不容易加了她QQ，迫不及待点开她的空间，结果访问提示：“我最喜欢的人是？”他弱弱地试了多个名字，都不对；最后赌气输入自己的名字，居然对了！过了！勇敢地把自己交出去，真爱就这样出现了。

爱要勇敢。

有个故事：他是个病孩子，没有人肯陪他玩。直到下了第一场雪，他堆了一个小雪人。他问：“我可以抱抱你吗？”小雪人反问：“为什么？”他说：“因为我喜欢你。”小雪人沉默地投入他的怀抱。下一秒，他听见小雪人轻轻在他耳边说：“我穿越四季，只为融化在你的怀抱里，谢谢你敢与我相爱。”

爱我，就叫醒我勇敢的心。爱你，就叫醒你勇敢的心。

原载于《深圳青年》

因为你好，所以我爱

文|罗西

毕业季，你的爱情毕业了吗？23岁，对女生而言是最危险的年龄。

与朋友翠聊天，她深叹，随后提起一个人，一个大学同学，然后告诉我，她很心疼，当初居然不懂得他的好。

翠小姐在大学时是一枝花，在花花大上海如鱼得水。很多男生都围绕着她，她也常常被男生邀请到宿舍去玩，清谈，吃零食。她很奇怪，在303男生宿舍的一个公用抽屉里，总有她酷爱的零嘴，而且源源不断。每次她“君临”的时候，那个殷勤的“混血儿”总是打开抽屉，热情地捧出那些零嘴招待她，大家就这样海聊、打趣，笑声朗朗。那时，翠觉得漂亮的男生应该有些贵气，而这个热情洋溢、长相中西合璧的男同学，最是让她心泛涟漪。

有一天傍晚，翠再次习惯性到达303男生宿舍，“混血儿”不在，她有所指地问：“你们真有心，怎么知道这些零嘴都是我的最爱？”可大家的回答让她很意外。那些零食居然不是“混血儿”买的，而是另外一个不显山露水的男生买的，他是D，相貌平凡，行事低调……就颜值、腿长而言，他和其他隐性追求者一样，全隐藏在“混血儿”的光芒之下。

年轻的翠没有多想，她不太想继续追究关于D的一切，她对他不来电。

最让翠不可以原谅自己的是，她居然忘记后来D是在一个什么情景下勇敢明确地表白他对翠的爱慕之心的了，她只知道自己很肯定地回绝了，还顺便伤害了他的自尊……她以为这样可以让他死心。她一门心思全在与“混血儿”的风花雪月里，然后笑意嫣然，与他十指相扣漫步在校园的每一条林荫道上。

临近毕业的时候，D再次出现在夕阳下，坚定地看着翠，表达自己愿意陪翠走天涯……因为那时“混血儿”的意向是要留上海，而翠的父母要她回老家福州。翠很烦。她简单地打断了D的话：“我们不可能的！”转身就走。

毕业后，翠逆了父母的安排，为了爱，留在上海，但是一年后还是与“混血儿”艰难分手。

接下来在上海的三年里，她见了不少老同学，当然也包括主动要陪她的D，D再次挽留翠，希望她能考虑他不变的爱。同学们都旁观者清地鼓励翠接受D的痴情，还赞扬他种种的好。比如，他会七国语言；工作两年就买了车与房，20世纪90年代的上海，这是多么了不起的成绩！但是翠心不在焉，她没有心思去了解他。

之后，翠回老家福州，与人结婚、离婚。

现在单身，已过不惑之年的她，曾反思曾经的情路，突然笑，苦笑，然后就莫名地想起D的种种好。她说，毕业那年，她的爱情没有毕业。年轻的时候，大约23岁，按朋友姜丰的说法，“23岁是最危险的年龄”，因为容易凭感情用事，容易把“喜欢”当作唯一的真理。“喜欢”像一片树叶，一叶障目。

翠自责：“那时，我居然不知道他有多么好，一是对我好，是真的好；二是他自己很好，那么有能力，能力就是男人的魅力，而当初，我不懂……”

我听出那话里丝缕的悔意与怀念，但是时光不再。现在想起来，她很心痛，居然那样生生地辜负了一个男人真挚的好，浪费了那些青春岁月的好，浪费了一个真正对自己好的男人的美意，还伤害了他……当年不识君的好！多么痛的领悟与遗憾。爱情常常会迷惑我们的眼睛，执迷于一朵花，而忘记了身边还有一棵树。

原载于《深圳青年》

不要低温的爱

文|罗西

我看到太多冷清的脸，冷清的婚姻。

爱一个人是要让自己变得更好、更快乐、更圆满、更幸福，如果爱一个人是折损自己的生命、透支自己的心力，那就赶快离开他。有些人，你爱着爱着，会越来越饿、越来越冷、越来越孤独；这样的爱，是不及格的。

爱情婚姻不幸福的人，脸上往往写着两个字：冷清。

他与她恋爱，一年房租一万，他只肯付六千，意外怀孕，她为他堕胎，他袖手旁观、也不买单……有时发信息不回或回复说忙。她写了很长一封信给我，列举他种种“不是”或“似是而非”，最后问我：“他不缺钱但小气，是不是说明他不爱我，起码不深爱？如果您是我怎么办？”假如是我，立即离开他。如此不上心不用心爱的男人，叫他快马加鞭、马不停蹄地滚。男友的态度，反映的是一种爱的态度与温度。

她与他恋爱了，但是生活好像没有多大变化。“总觉得与他的爱情可有可无，甚至觉得，刚好是两人都落单，没人爱，然后就凑一起取暖。”仿佛两棵不同树的两片树叶，因为秋风，掉落在一处，“只是一同沦落，没有爱”。世界上最远的距离是，我在你身边盛放，你选择凋零。

爱我，就是给我阳光氧气。爱你，也是给你阳光氧气。

有个“极品”男生老在女友面前表演柔弱：一会儿头痛，一会儿想吐，跟怀孕似的，反正跟女友在一起就是各种不适。一次他们俩一起在客厅看电视，“啪”的一声，女友打死了一只蚊子，那病怏怏的男友居然伏在女友怀里说“怕怕”，他晕血！

最怕冷屁股，最怕爱情里的低温，而爱无力是一种更深的低温。

不管男人女人，内心要足够强大，精力充沛，感情丰沛，才能够做自己情感的主人，才有资格与资本去爱。而像那些抱着“如果给我一个女朋友，我就积极向上，阳光自信，好好工作，发奋图强”念头的男人，你们只是自己情感的奴仆，像等待着被人施舍和怜悯的乞丐。在爱情里面，乞丐永远不会受欢迎的。

想起一个男孩的热血故事，刚毕业时，他缺钱，却爱得丰衣足食。有天，他兜里只剩10元钱，给恋人买了老酸奶……他说：“奶酸，心更甜蜜了。”他还调侃：“我的照片没有登上《时代周刊》，真是遗憾；但是，荣登她的手机桌面，这才是我的美事、大事。”即使吵架，也是浪漫的：“我哄你的时间，会比你生气的时间长五分钟。”而那多出的“五分钟”就是爱的峰值。北国的冬天，他仍然不习惯戴帽子、手套、围巾，感觉有点冷的时候，就先揉揉耳垂、搓搓手，先暖自己，然后去摸她的脸蛋、暖她的心。

一天，在街上，一对30多岁的夫妻，女的不小心磕了一下，男的条件反射地问：疼不疼？爱，已经让那两人的肉长到一起去了。

爱，就是给自己点一盏灯，照亮黯淡的生命、灰暗的旅程，还有辉映眼前的爱人。如同植物开花，星辰闪烁。我们常常不是因为饿或者疼而难受，而是因为在黑暗里寒冷。

爱情是做加法，如果爱情给你的生命、生活带来的只是负担、负能量，那么这个所谓的爱情一定是不及格的，是可以不要的。有些东西不是坏，只是不好，还可以要；但是爱情只有好的才可以要。

原载于《羊城晚报》

不必为你摘星星

文|罗西

几个女人一起吃饭，聊男人，聊各自的男人。女人扎堆吃饭的时候，也喜欢谈论男人，只不过，多是列举自己男人对自己的好。

20多岁的那个说，最初被他感动，是因为失恋，他陪她逛街、散心，然后在一家菜馆里一起吃面，一人一碗，她只吃一半就不吃了，看窗外的树在掉叶子，发呆。他吃完了自己的面，怜惜地看着落寞的她，张开双臂，隆重地把她没有吃完的那碗面端过去，几乎是呼啸着就把它吃完，那气势之豪迈，不亚于草原英雄策马飞奔。然后心满意足地擦了擦嘴：“失恋也要吃饭的！”她则张大嘴巴惊叫：“你怎么可以吃我吃剩的？”然后泪水夺眶而下，那么爱她的父母都不会吃她吃剩的东西，而他居然不嫌弃，还如获至宝似的！他温厚地笑了，伸手轻轻拭去她脸上的泪珠：“因为喜欢，没有剩的，只有你特地为我留着的。”后来，他们成了恋人。

30多岁的那个说，丈夫追求她时很辛苦，从北京追到厦门，他最初向她要电话号码，她刁难，故意把最后两个数字给省略了……想不到，最后，他百般试验，居然打通了她的手机。后来恋爱结婚，她还是喜欢给他出难题，他都一一攻破。最难的一个题目是：什么是爱？他正在为她削苹果，分成两半，一块大的，一块小的，他把大的那块给她，说："这就是爱。"如果是朋友，两块分一样大。

40多岁的那个说，一天，办公室里的女人都在用同一套问题来现场打电话问她们的男人，她有些担心，认定自己会自取其辱，因为她太了解丈夫的死脑筋与不解风情。结果，她丈夫的答案却让所有的女同事感动，他们的通话内容如下："老公，是不是我想要什么你都会给我啊？""那当然。""我要星星。""你养仙人球都死，还养猩猩？现在猩猩也给养了？多少钱？""不是，我要天上的星星！""这个啊……晚上回家带你看。"为什么这样朴实的答案却可以赢得冠军？因为其他女人的丈夫最后基本上都这样回："神经病！"

50岁的阿冰姐说，那天，她和190（她先生）乘电梯上楼，准备回家，电梯突然在中途抖了一下，把他们从八楼"抖"到七楼，190第一个举动是转身紧紧地抱着她说"不要怕"。这时，电梯门自动弹开了，两人携扶着出去了，一场虚惊。阿冰说，她非常感动："感动的原因不是他抱我，而是他本身就是个胆小鬼，很多时候都是我抱他，给他安全感。"他们是姐弟恋，二婚。阿冰调侃说，190怕黑，平常他连到楼梯口扔垃圾袋都会怕的，因为那里黑！

电视里，有个女孩，打工养着一个看起来弱弱的"宅男"。他大学刚毕业，找不到工作，天天就在电脑前设计他的"梦"。小两口吵架，然后惊动了电视台，电视台请了很多专家来点评、分析，最后大部分是动员那女的离开那窝囊的小男友。结果是，那女生没有听从大家的意见，她说，她够坚强、很独立，男朋友目前虽然迷茫、孱弱，但没有关系，"只要他对我好"，就可以接受，就不忌讳自己暂时"养着他"……可是，他自己都没有办法养活自己，怎么对她好？面对这样的问题，那女生笑着说：

“他对我的好，是用心感受到的，不是用手拿到的，我懂。”

爱情确实是一种美妙的关系，而非单件陈列品，要在关系里判断它的好与不好。特别是女性，特别在乎这个男人与“我”的关系。他“好”，可以吸引“我”，是道理；但是他“对我好”，爱他，则是真理。

他好不好，很重要；但是，他对我有多好，更重要。

不必指望有男人为你摘星星，只需要有个人能躺在你身旁，一起看星星，就足够了。

原载于《读者》

彼此爱着就够了

文|罗西

我们家的钟点工是对老夫妻。这天，只来个女的，是曹姐，我问她：“你丈夫呢？”她一边脱掉帽子将其放在鞋柜上，一边沉痛地说：“他病了！”看她神情灰暗、郁闷，还在抹眼泪，我吃惊，便关切起来：“什么病？”

“感冒了！他是从来不生病的！”她停下来，认真且激动地说，她真的是由内而外地担心他。

这么矫情，这算什么，把她吓得那样花容失色。我心里这么想。

我就没再问，可她还是坚持自言自语地说：“他是从来不会病的！”他们长年累月地揽活干，他们真的没有空或者不习惯生病。

50多岁的曹姐与她丈夫都很瘦，来自湖南，她男人甚至比她还瘦小，一只眼睛似乎失明，我不敢太正视别人的生理缺陷，所以没有注意是左眼还是右眼。曹姐呢，不知道为什么，头上有四分之一是没有头发的，靠近后脑的位置，所以一年四季她都是戴着帽子来的，夏天是太阳帽，冬天是绒帽。他们工作认真细致，口碑不错，有干不完的活，我介绍过几个客户给他们，但是他们都安排不出时间，就婉言谢绝。

平常干活时，曹姐有些凶，经常支使丈夫，有时用她老家方言教训他，但是，丈夫总是骂不还口，乖乖的，还带着歉意的微笑去执行曹姐的指令，我很同情他。一直没有机会批评她，借她丈夫不在之机，我含蓄地说："那你以后要对他温柔一点。"

曹姐正在擦洗马桶，头也不抬地回应："温柔？温柔是在两个人的时候吧。"哦，私下很温柔，好像有道理。每次他们进门时，丈夫第一个动作就是帮助妻子脱帽子；出去时，帽子也是由他替曹姐戴好，随后端详一番，这时他倒像个定夺乾坤大丈夫，他成了她的镜子。

看她仍然一脸忧戚，我大声安慰说："感冒很普通的，多喝水就容易好。"曹姐欣喜地从沙发边站起来，面露难色地征求我："可以借电话打一个？"她补充说，夫妻俩共用一个小灵通，现在他是病人，小灵通就让给他用了……就在说话的当儿，我家电话响起来了，她一反常态地一个箭步就扑过去，平常她很懂规矩，是不轻易接东家电话的。

她居然扑对了，是她丈夫的报喜电话，他退烧了，只见曹姐一个劲点头，然后就现学现卖要丈夫多喝水："我做好就回去……"最后的语气像妈妈。我终于见识了她所说的"两个人的温柔"，看他们在电话里都可以那样絮叨、撒娇、抚慰，可见"只两个人"在一起时会是怎样的温柔可人，爱的返璞归真就是这样的吧。

他们都有缺陷，他们不漂亮、不英俊、不富裕，勤勤恳恳地挣辛苦钱。但是，他们心连心，互相照耀，如同日月。走的时候，她自己给自己戴上帽子，我以为她会伤感，想不到她笑着说："今天一个人做，做得不够好，我要赶紧回去让他多喝水。"知道了喝水的知识后，她居然像掌握真理般高兴。

也许她和他知道得都不多，但是，他们知道彼此爱着就够了。

原载于《读者》

金钱一说话感情都沉默了

文|罗西

曾经为一要结婚的女读者出了个馊主意：婚房可以不是你买的，但是床一定要自己掏钱买，婚姻里哪有不吵嘴斗气的，这样，婚后吵架的时候就可以义正词严地说："请你从我的床上滚下去！"结果，刚刚发生的，就在昨夜小两口吵架了，她就脱口而出我教的台词："这是我的床，滚！"她男人的强硬回答是："请扛着你的床滚出我的房！"

唉，床敌不过房，金钱一说话感情都沉默了。

在北京机场，遇到我的一个读友，她新婚不久，40多岁，挺美的，古典的那种。她推着拉杆箱，新婚丈夫却在一丈之外看手机，我们打招呼后，我看到她丈夫的眼神是不耐烦，根本不顾及她要面子的撒娇……那读友告诉我，她那个50出头的丈夫是二婚，我直觉是，那男人不太爱她，但是还是祝福她，并且想，二婚男人应该会更懂得珍惜。后来，这个北京的读友告诉我，她很痛苦，可是又不知道怎么办，她极爱面子，觉得明珠暗投也得守下去，毕竟人到中年。婚后，那男的住在女方的房子里，男方有别墅留给前妻与儿子，不过，婚前有约定，男方住女方房子，每月要交2000元的生活费，合伙过日子，这个也是坏话说在前，毕竟是半路夫妻，现实点也好。男的也频频点头，答应了。

可是，婚后，那男的忘记了这个承诺，只是偶尔带几根葱回来应付一下而已。女读者忍着，五个月后，她鼓起勇气再提了这事，男的就生气了：“不要那么俗好不好，我们都结婚了！”最后两人不欢而散，男的也很有志气，第二天就搬出去，独立租房。这下，女读者急了，犹豫，挣扎，示弱，最后那男的半推半就又回来睡了。

过了几个月后，那男的还是没有交那月租的意思，女的又恼火又难过，她不缺那2000元，她要的是一种共同承担的感觉，那种在一起的感觉，那种在乎的感觉。但是，男的仍然自私地只想着他读大学的儿子。

女读者又问我：他是自私还是不爱？我答：既自私又不爱。“可是好不容易结婚了又要离婚，我怕被人笑话；再说，老了，没个伴怎么办？”我这次比她还生气，你现在起码还徐娘半老、风韵犹存，他都这样对待你刻薄你，等你更老了，他会浪子回头，良心发现地悉心照顾你？你傻，这就是你不幸的根本！而且，他身体还不如你，你又比他年轻，将就下去，反而是你最后成了他病床前任劳任怨的妻子！”我没有吓唬她。

她发了一张哭脸的表情图，就没了下文。

是不是一个人越成熟就越难爱上一个人？答：不是越成熟越难爱上一个人。是越成熟越能分辨那是不是爱。可是这位女士还执迷不悟。

凡是有感情的活，都累，比如想忘记一个人，比如已经爱了一个人。

如果你在婚姻里怕承担、怕付账、怕累，一定是感情淡了或者根本就没了。

金钱是情感的试金石。爱是很俗的东西，一个人肯为你花钱，应该是爱了；如果不肯为你花钱，那肯定是不爱。

原载于《深圳青年》

真爱属原创的幸福

文|罗西

最初我们都不看好阿菊与杰克的爱情，一个是土生土长的福州女孩，一个是来自大洋彼岸的巴西白人。

他们各有自己的母语，但只能用彼此都说得不太灵光的英语交流。

结果，15年来，他们的婚姻出奇稳妥，像新闻联播，而且又有新闻联播没有的妙趣。这段“米酒与咖啡”的婚姻，貌似不协调，但互为补充，而且两人间永远都有“陌生的一面”，本只在恋爱里才存在的“探索欲”，在他们跨国婚姻里也依然可以奇迹般地存在。先生喜欢叫太太“哈尼”，太太则叫他“二哥”，他挺高兴的，后来知道“二”是傻乎乎的意思，他就更喜欢这个爱称了，他说，爱就是傻傻的游戏，不需要聪明。

婚姻里往往暗藏三大危机，一是失去私人空间，二是吵架，三是变老。

而阿菊与杰克的婚姻，阴差阳错地可以巧妙地躲过这三个问题。

有人问他们的婚姻如何，阿菊谦虚地说：“马马虎虎啦！”杰克听到了，他解读为“两只马两只虎”，就是两个“二”。

语言不太通畅也有它的好处，他们两人都可以有相对独立的空间。有时寂寞是因为靠得太近、失去自我。这个怎么说呢？语言交流障碍，这如同迷雾，他们因此自带一种陌生感，甚至神秘感，把对方视为宝藏，需要探索摸索才有发现。每天他们都有新发现。想不到，语言的障碍，反而让他们神奇地在同一张床上拥有两个世界。

至于吵架，也是鸡同鸭讲，因为人一激动，脱口而出的往往是自己的母语，所以再毒的话，两个人都听不懂，所以那场面显得很笨拙、滑稽，每次吵架都以两人笑成一团而收场。

至于“变老”这个话题，语言也可以改善一个人的心理年龄，用外语会使一个人显年轻，因为词汇不多，用语就显得“单纯”“稚嫩”。杰克中文不好，但每句口语都充满天真与孩子气，比如他会说：“我漂亮的老婆要我用筷子，我不喜欢筷子，因为夹菜很慢，所以它应该叫‘慢子’！而不是‘快子’！”同样，阿菊讲葡萄牙语也是奶声奶气。陌生的语言，让这对已过不惑之年的夫妻显得年轻而无邪。还有，在杰克眼里，他的中国太太总是不显老，“一直28岁左右”……确实，相对于白人粗枝大叶的骨骼，东方女子显得更精致，也更显年轻。

我觉得，他们爱得有点二，不太用力计算，不太聪明。再仔细推敲，他们幸福婚姻的三条实操经验，还是可以复制推广的——

空间的把握：比如不要逼对方吃自己吃不完的东西，保持一定的自我与距离。

吵架的游戏性：吵架就是花拳绣腿的游戏，比如你捶他，捶着捶着就成了按摩，或者互相扔枕头，扔着扔着就决定周末去打羽毛球。

变老的慢节奏：保持学习保持成长，就是保持新鲜，即情感保鲜。

话说回来，爱是个人主义的东西，每个人都应该有自己原创的幸福。

原载于《恋爱婚姻家庭》

只选对的，不选贵的

文|罗西

巩俐当年毅然离开犹豫不“结”的张艺谋而嫁给香港中产黄和祥，颇有大将之风。老谋子是很爱她，可只想和她拍拖和拍电影，而黄先生则不同，非她不娶，有记者问他，如果他去一孤岛只能带两样东西，他会带什么，他温柔而明确地回答：巩俐和书。毋庸置疑，张艺谋人气指数更高，但当事人巩俐很清楚，她只选对的，而不要贵的。在女人眼里，最性感的男人就是最爱自己的那个男人。

普京迷人，皮特性感，梦露诱人，张曼玉妩媚……但他们都是别人的丈夫或情人，我们会羡慕他们的另一半，但作为“当事人”，他们并不觉得自己爱人是完美的。普京前妻说他“很大男子主义”；皮特说“婚姻就是可以在床上放屁的那个组织”，可见他也平凡；梦露多情，做她情人要忍受她的神经质；张曼玉骨感好看，但抱着不一定舒服……

美术教师王先生的太太是警察，很“悍”的那种，但他就是喜欢。“她不漂亮，但有味道，她屁股很大，腿很粗，但我就是喜欢，这是我心目中的性感。”很多人对此感到惊讶，甚至质疑他的审美观，但舒不舒服只有他自己知道，所以，幸福是比较不了的，萝卜青菜各有所爱。他喜欢大气的女人，比如独唱演员殷秀梅，在他看来，她比王菲更让男人着迷。

徐小姐是外企职员，她先生比她还矮，是保险公司推销员，但口才一流，自信，徐小姐喜欢这种“第二眼帅哥”。男人是拿来用的，不是拿来看的。她先生曾调侃自己是“四大天王之五”。她说：“这种男人做丈夫很放心，而且只有做了他太太之后，才可以明白他有多好。”

确实，找爱人，要找个合适的。

还有一点，恋人是用来爱的，也是拿来享用的，但不是用来比较的！

会选择，这很可贵、很重要，当然不能以最后是否结婚来论成败，但是最令人不放心的是一些固执的女孩，她们只会一股脑儿走到黑，撞墙之后仍勇往直前，这很无知。曾请过一个乡下老保姆，每次她都勇敢地用手去拍苍蝇，令我孩子肃然起敬，其实是因为她老人家不知苍蝇的脏，所以无知者无畏。

情商，对一个处于选择中的女人而言，至关重要。其实选择意味放弃，没有一步到位乐享其成的选择。一代跳水皇后伏明霞嫁给香港“财神爷”梁锦松之前，与内地一足球运动员相恋，按理这才是门当户对的，但这段恋爱还是无疾而终。伏明霞很幸运，在一次去电视台做节目时，她刚好坐在梁先生的旁边，一次无心但愉快的聊天，却让她做出了一个大胆的选择。这回水花四溅，但她不为媒体的嘘声所左右，她泰然自若。

优秀男人的爱情动词，多为“追求”；而一个聪明女人的爱情动词，多为“选择”。选择是件痛苦的事，所以才有一天真女孩的笑话：选那个有钱的财主一起吃饭，还是选那个没钱的帅书生同床共枕。

每一次选择，都要割舍一些值得爱的东西，这时你就得权衡利弊。最关键是要找对心里的感觉，这毕竟是情感选择题，而不是面对冷冷的阿拉伯数字。由此涉及一个人的视野问题，如果你把时间全花在网购上，你能遇到的唯一男人就是快递小哥。选择权是自己的，但有多少选项，则是你努力的结果。如果没有选项，只有唯一，请不要轻易地沾沾自喜地下结论“他是最好的”或“他是我的唯一”。

可是，很多选择不是同期进行，我们不可能像选美的评委那样优越地坐着在一定时间内在同一个舞台上选出一个冠军来，所以难免有时会石头越捡越小，或丢了西瓜捡了芝麻。那么，这就要求你具备两大特质：遇事要果断，还必须有从容气度。不要随便许下山盟海誓，也可以采用外交上常用的模糊政策，让那些男人都在你心里列队站好，他们全是爱情“候补委员”。然后，关键时刻，做决定时候，咬紧牙关，以护士打针的速度，准而快地做出人生的一大选择。

没有最好的选择，也不必有最后的选择。

其实每个人的爱情都是惊险的，所以我们不必手软。有位红粉知已说，婚前她交过三任男友，现在看来，一点也不白费功夫，那是一种爱情热身，让她更好地了解男人，并把握爱情脉搏；更重要的是在与不同男主角的交往中，真正了解自己的愿望，自己最想要的是什么，什么样男人才是自己对眼上心的……这是不可或缺的成长功课。现在她的婚姻很幸福，因为她很自信，她非常明白怎么宝贝自己，怎么看待丈夫的优缺点，怎样与男人相处……

恋爱或结婚，请赋予选择一种神圣的光芒，你就不会因为面临失恋或婚变而惊慌无措，或万念俱灰。不要只盯着结果发呆，其实，新的开始一样可喜。矢志不渝的选择，如果碰上了，恭喜你；如果你需要中途换乘转车，也没关系！

原载于《恋爱婚姻家庭》

咫尺，然后天涯

文|罗西

“二战”期间，法国。

战乱里，一对父女被逼将楼房租借给一德国军官。当时法国衰败，受尽了侵略者的欺凌。女孩是位音乐老师，对德国人恨之入骨，当然初见这位德国军官时也不例外。

渐渐，年轻女教师发现这位德国男子的与众不同，他彬彬有礼，对法国人很尊重，而且经常流露出厌战情绪，甚至对德军的做法很反感……女孩敏感的心如凌霜的花蕾，对所有的光辉都能温暖地捕捉，她感受到一双善良眼睛里的蓝光。于是，每日的相见，眼神的交流，渐渐拉近了两人的距离——应该说是心灵的距离，因为表面上她还是冰冷平淡的。

家里那台母亲留下的钢琴，是女孩梳理情怀的唯一工具，浮云太远，心事太近，所以钢琴很知心。一个微雨的午后，这位英挺的德国男士目送女孩到她自己的房间后，第一次犹豫地坐在钢琴前，情不自禁地用他修长的手指弹着女孩常弹的曲子。一会儿女孩的房门轻轻打开，她换了一袭白裙，一脸羞红，但是无言，女孩的心弦被他拨弄得不知所措，那熟悉的旋律里，有她旋转的身影，但是她要远远地静静地听，不发一言，咫尺，天涯。

转眼几个月过去了，这种月光般明净的沉寂并没有被打破，虽然彼此心灵已经辉映。这天，他们合住的房子里又进驻了几位德国军官。半夜倚窗看天上流云时，女孩突然发现有人偷偷地在德军车子下装了炸弹……她捂住自己的嘴，惊恐不已，她很清楚，当明天早晨车子发动时就是几个侵略军的死期。女孩恨德国人，可她真的不想让那个心有灵犀的弹钢琴的军官一起送死，这样的担心，让她很不安："我爱上了他？"

内心有两个声音在不断纠缠、撕扯、挣扎，她不知道该怎么办。她祈祷，却不知道该怎么向上帝说明情况。她仿佛不知道爱情的样子，她只知道他身上有淡淡的薄荷味道，脸上有淡淡的薄荷般的微笑……这样想着想着，她累了，困了，甚至就伏在窗边睡着了。

第二天早晨，她醒来时，那群新到的德国人正要出发，他们已经坐在车里等那个军官了。

她心急如焚。突然她灵机一动，奔向那架钢琴，狂风暴雨般地弹开了。琴声吸引了那个正下楼的德国军官，他深情而怜爱地走向钢琴，女孩已经来不及羞涩了，她抬起头来看着他，满眼泪水。军官有些惊讶，呆站着，他甚至忘了时间……外面的同伴正要发动车子，并摁响喇叭催促……刹那间的巨响，惊醒了呆站着的男子，这时，他的同伴已经与军车一同灰飞烟灭了……音乐也瞬间凝固。两个雕塑般的人，也仿佛定格在那一刻。凝视，知心，而不能抱。

日子仍然是那样静默地流淌，仍然是咫尺，然后天涯，保持那一尺的心的距离。最后，仗打完了，德国军官必须走，军令如山，他已经不能再继续留在那座楼房里，不能再留在那个女孩的家里。这是一个阳光灿烂的日子，但是两个人的心里都在下着倾盆大雨。要离别了，从他的眼神里看出了万般不舍，女孩仍然不发一言，她抱头坐在房间里，听着男子的脚步声渐渐远去，她的泪已经止不住地涌出来，那是心雨。心雨，只淋自己的爱和伤心。

最后她还是奔下楼，冲出去了，就站在那熟悉而陌生的军官面前，欲言又止。终于，她艰难而淡淡地说："再见！"其实今生再也无缘相见了。他也只说："再见！"用不太标准的法语表达。然后转身上了撤退的车子。

军官的车子消失在视线外，女孩转身回到楼上，用一个个音符表达自己的不舍与伤痛。这也是一场爱，明明那么轰轰烈烈、痛彻心扉，可表面上仍是沉寂如夜海。那么漫长的心灵默契，所有对白总共就两个字——再见。

《卡萨布兰卡》里唱道：世界上有那么多的城镇，城镇中有那么多的酒馆，她却走进了我的心。

可是，心也有界。很多破碎的爱，只能收纳在心里，缝缝补补一辈子；因为世界上没有它的位置，就只能将其留在怀里温暖那渐渐冷却的伤心。其实，爱真的没有对错，只有愿不愿意。

原载于《读者》

爱不需要安全感

文|罗西

有一种普遍的“妇科病”叫“没有安全感”。爱情发生后，我们是要寻求那种“两相碰撞”的性感，还是“两两组合”的安全感？是很好的爱情，还是很长的爱情？

罗西的观点是，恋爱，如果纯粹是找安全感，还不如回家向父母要。恋爱就是春天来了，有一点慌乱的嫩绿在枝头，有一些试水的小鸭犹豫而兴奋地在水中荡起涟漪……如果没有一点惊险，怎么会有惊羡？也不会有甜蜜、浪漫与性感。

比起永远，我更在乎每天。

某记者招待会，有人问名模主持人李艾：你那性感的裙子是不是很危险啊？都快掉了！她笑笑说：如果你觉得性感，那就是危险了……性感指数和危险系数是成正比的，两者关系把握得好，性感可以更充分而且有理。

性感是最可爱最刺激最可贵的改变。性感是一种解放，是一种投资，是需要一定勇气与冒险精神的。

恋爱需要风险意识，也需要冒险的勇气。两者怎么调和，是需要修炼的。

一个20多岁的跳舞女孩爱上一个40多岁的盲人。在他们最落魄的时候，因为同挤一狭窄租间，就渐渐爱上了彼此。女孩爱他的理由充分：他不会以眼睛看不见为借口蹭她一下或者抓她一把，这让她觉得他是可靠的正经男人，因为安全感的需要与满足，她对他由信赖变成爱，热爱。

她说，之前交的男朋友，年轻、帅、有钱、有权，但是没有安全感。只是，这样对安全感过于偏执的追求，会不会掩盖爱情本来的光辉？会不会使爱情本末倒置？

爱情里的女孩，应该小心，也要勇敢，很多快乐与性感就是因为勇敢而拥有的。女性确实在感情里、在生活里，比男人更需要安全感。她会不停地问你："你爱我吗？"男人都觉得烦腻，但是她却乐此不疲。因为问答里，她可以确认安全系数，满足一种因为重复而产生的"制度化的快感"。甚至，她会无理取闹，跟男人吵架，为的也是最后那种因男人妥协而寻求到的安全感，最安全的是进攻，是胜利的感觉。

为了安全感，女人有可能不愿意嫁给一个富人而愿意死心塌地爱一个穷小子，因为怕那富人不重视她，会甩掉她；也是为了安全感，女人也可能会嫁给一个富人，而放弃那个爱她的穷小子。安全感是一种心理需求，所以就比较随性，不同的人不同的时候，会有不同的安全依托。或许，散步的时候，是男人右手有没有牵着自己；接吻的时候，看他是不是津津有味地吞咽……

安全感是一种被尊重、被宠爱的需求，不过，有时女人需要安全感，不是纯粹的示弱，而是渴望更强大。

原载于《深圳青年》

谁是你的天使

文|朱国勇

他们第一次吵架，是婚后的第三个月。什么原因，不记得了。只记得两个人越吵越凶，先是面红耳赤，然后，开始摔东西。她先扔玩具熊枕头，然后是碗和碟子，最后她拿起结婚照狠狠将其砸在他的胸前。相框落下来，碎了。他怒目圆睁，一个巴掌挥过来，却在离她面庞20厘米的地方停下来。她大睁着泪眼，昂着头，赌着气与他对视。

这个巴掌终于还是没落下来，良久，他一转身走了。她扑倒在床上，放声大哭。

第一天，她又是生气又是伤心。第二天，她开始后悔，自己似乎有点任性。第三天，她待不住了，她想去找他。

她打电话给婆婆。婆婆的声调亲切而慈祥："他没回来呀，你们不在一起吗？"

挂上电话，她开始流泪。她想，他真够狠心的，扔下她一个人，在这陌生的城市。

就在这时，门开了。是他一手提着外卖，一手捧着火红的玫瑰。

"老婆，我回来了。"他满脸灿烂的笑容，像是什么也没发生似的。她低着头，不理他。他把玫瑰捧到她的面前，她还是不理他。他一挠她胳肢窝，她这才破涕为笑。

从这以后，他再也不和她吵架。偶尔有点小事，他就赔着小心嘿嘿地笑。她若是还吵，他就挠她胳肢窝。她就是有气，也不好再发作。

渐渐地，她发现，生活滋润，岁月静好，似乎没什么值得再去争吵。

一晃，近十年的光阴就这么过去了。他们的孩子都上小学了。有一天，他不在家。她从他的书房拿来一本书，想用以打发这个无聊的下午。她发现，书里有一页是折着的。打开，上面用红笔画着一句话：低头的男人，是女人的天使。

一刹那间，她的心中涌着一条感动的河流。他嘿嘿笑着赔着小心的样子，一点一点在她眼前清晰起来。感动与甜蜜如莲花一般一朵一朵地在心头绽放。

那天晚上，她把孩子打发到奶奶家去了，又点了两支红烛，炒了几个他最爱的小菜。

他回来了。她依在他的怀里，一脸深情与感动地盯着他："我爱你，我的天使。"他嘿嘿地笑着："又怎么了？"

是的，低头的男人，是女人的天使；也只有心中有爱的男人，才懂得低头。而一个女人，最重要的，就是找到自己的那位天使。

原载于《桂林晚报》

第三章

60分的爱情是不及格的

一个男人对一个女人，可以“很爱”，可以“不爱”，可以“有点爱”，可以“没法爱”……男人常常会不忍心伤害女生的痴心，就半推半就以朋友相待，最终却深深地伤害了女孩，也间接伤害了自己。

60分的恋爱只能及格？结婚应该是恋爱的延续；激情和满足感都不充沛，怎么会有耐心在婚姻里相互照应？

60分的爱情是不及格的

文|罗西

“有点自卑而自尊心又极强”的女孩小恬加了我QQ，她正自考大专，喜欢上一个条件很好的男人，她姐姐的同学、公务员，“又高又帅”。

平凡的小恬，没有稳定工作。之前那男人很关注招聘信息，想帮她，那时候他们认识才一个月，所以小恬觉得“他一直在考虑我”。

之后，那男生常约她去散步或者带她参加他朋友的聚会，每星期都有一两次。小恬不知道要怎样才能让他更确切明白她的心，也想了解他最真实的想法。

那男子应该懂得小恬的心思，除非他是傻子。试想：“他约你，你每次都那么高兴地去了，如果不喜欢他怎么可以去呢？”男女交往是很敏感的，不要低估他的智商。“你的喜欢、好感是逃不过他的眼睛的。”

现在关键是，小恬喜欢他，他会一样爱她吗？

我的主张是，女性在爱情里的积极性，至多表现出对他的好感，剩下的事情由男人去做，如果他没有继续兴奋激动、雄赳赳，那就没有意思了。“所以你能做的暗示已经够了。”

这时，小恬才承认，她已经通过她姐告诉他了，自己喜欢他。他的回应是，做朋友更长久。

应该说，他对她有好感。小恬分析说，是因为她不是大学生，不是在机关单位工作，所以他不考虑她。“如果我向他直接表白会自讨没趣吗？不说，又有点不甘心。”

我觉得她已经“点”到了，不必再画蛇添足。

小恬说，他会带自己去见他的领导、同事、朋友。这能说明什么吗？“他还会来接我，送我回家，在我生病的时候照顾我。”

那么，该男生有没有进一步的亲昵举动？或者说调情的话？

小恬有些迟疑：如果说有的话，就是过马路的时候他牵着她的手。调情？中秋的晚上他请她躺在草地上聊天而已……还有，一次他们两个人用一根吸管共喝一瓶饮料。但如果上网的话，两人都在线，他不太会主动和她说话。最近有几次主动和她说话，只告诉她“天凉了”……小恬如数家珍地回忆。

不过，有一个细节让小恬一直不能释怀：有次，她和他逛街买东西，他居然可以当着小恬的面和别人讨价还价。“这个，我受不了，一般男人都不会在爱的女孩子面前这样的。说明他不是很在乎我。”

我的基本判断仍然是：他对小恬有一定好感，但绝不是很来电。也许有点进入爱情状态了，显然有些勉强、观望、犹豫。当然，两人也可以发展成夫妻，然而不是他最理想的。

显然，那男人在物色结婚对象，而不是在谈恋爱。

这样的“60分的爱情”，在我看来是不及格的。结婚应该是恋爱的延续，而他还没有与她恋爱。激情都没有，怎么会有耐心在婚姻里相互照应？

男人喜欢一个人常常不太考虑学历的，关键是你对不对他的审美与胃口。小恬担心自己错把友情当爱情。他明知道她钟情自己，可是他没有退却，也没有加大力度进攻，只是对她仍然有一搭没一搭地照顾。

一个男人对一个女人，可以很爱，可以不爱，可以有点爱，可以没法爱……男人常常会不忍心伤害女生的痴心，就半推半就以朋友相待，却不自觉地多了些暧昧，结果，反而误导了困在爱里面的女孩。

真正的爱情，应该是满分，而没有勉强的及格。小恬目前与那男子的感情，没有雷鸣闪电，没有风生水起。

只有犹豫，没有笃定。

我坚持这样一个主张：要么很爱要么不爱。也许，有人认为你太挑剔，但是，挑剔是一种负责任的表现。

原载于《爱人》

十　年

文|姜钦峰

老周躲在家里写剧本，还准备将其拍成电视剧。他只读过几年小学，连字都认不全，大家都觉得不可思议，有人说他疯了。老周变得神秘兮兮，连妻子也不知道他到底在写些什么。这是老周的秘密！

10年前，老周去县城办事，晚上回家，半路上忽然看见三个男人正在殴打一名弱女子。老周不假思索，大吼一声冲了上去，他练过功夫，三拳两脚就把几个小混混打跑了。被救的女子心怀感激，开始与他来往起来，渐渐两人又互生爱慕。老周明知对不起家里的妻子，却无法抵挡围城外的诱惑，两人悄悄地好上了。

世上哪有不透风的墙，没过多久，妻子发现了老周的秘密。淳朴的妻子无法面对丈夫的背叛，抛下女儿回了娘家。婚变并未给老周敲响警钟，他干脆把年轻漂亮的情人接到家里，两人堂而皇之地做起了夫妻。但是没多久，他就开始后悔了，原来情人好看不中用，从不做家务，花钱如流水，还经常虐待他的女儿。怕别人笑话，他只好苦苦维系，不到两年，家里的积蓄就被情人挥霍一空。这也就算了，他万万没有料到，她居然在外面还有好几个男人！

老周忍无可忍，终于提出分手。情人却不答应，一怒之下给了他一刀，然后扬长而去。这一刀虽然没要老周的命，却比杀了他还让他难受。清冷的病房一片惨白，他静静地躺在床上，孤苦伶仃，无依无靠，连医药费也没有着落。他呆呆地仰望天花板，往事一幕一幕浮上心头，想起结发妻子，不禁心如刀割。妻子勤劳贤惠，里里外外忙碌不停，从无半句怨言，每天像照顾孩子般宠着他，什么事都迁就他……

真爱，有时就像健康的体质，往往在失去之后才会倍加珍惜。他后悔不迭，可是世上哪有后悔药可吃？自己亲手酿下的苦酒，只能由自己咽下去。错过之后，方知真爱更浓。他转念又觉得这样也好，老天爷开眼，自己是罪有应得。

他做梦也没想到，就在自己住院的第三天，妻子忽然出现在眼前。四目相对，他无地自容，恨不得猛抽自己几个耳光。妻子听说了他的遭遇，瞒着父母赶到医院，给他垫付了医药费，安排妥当之后才离开。伤愈出院，他马上赶到妻子的娘家，想把妻子接回家，却被老丈人乱棍打出。他不死心，厚着脸皮三番五次地上门，老人终于心软，善良的妻子也原谅了他。

破镜重圆，他打心底里感激妻子，发誓要让妻子和女儿过上好日子。为了赚钱养家，他没日没夜地干活，在建筑工地上打过小工，在汽车修理厂给人打过下手，别人不愿干的脏活累活他都抢着干。几年后，他有了积蓄，又开了家影楼，日子渐渐红火起来。

在外人看来，他们虽历经风雨，依然幸福美满，令人羡慕。老周埋藏在心底的苦闷却无人知晓，妻子原谅了他的过错，却再也无法像从前那样信任他。经历了那场感情浩劫之后，妻子对他处处严加防范，晚上根本不许他出门，即使是白天出去办事，妻子也放心不下，常常跟在他身后，甚至还发动女儿一起监视他。起初他觉得没什么，谁叫自己犯了错；然而时间一长，他渐渐受不了了，猜疑的目光，像一支支利箭，刺得他浑身发凉。他想尽了办法，努力向妻子表明心迹，但无济于事。打碎过的镜片，即使拼得再完整，哪能不留丝毫缝隙?

10年，他和妻子始终隔着一层无形的薄膜，摸得着，捅不破。他心怀愧疚，但无计可施。

忽然有一天，他突发奇想，要把自己那段荒唐的经历拍成电视剧，以此请求妻子原谅。当他偷偷摸摸地写完剧本，向妻子说出心里的秘密时，却遭到了坚决反对：家丑不可外扬，传出去多么丢人！可是他已经铁了心，妻子终于被丈夫的真诚打动，渐渐动摇。他买来了摄影器材，动员全家上阵，又请来亲戚朋友当演员，有板有眼地拍起了电视剧。

故事发生在河南的农村。老周的秘密传开后，许多人为之感动，主动请缨客串角色，人们纷纷从各地赶来，当地电视台也给予了技术支持。老周的心愿终于达成，电视剧拍完了，首映式选在情人节。电视镜头中，老周紧紧抓住妻子的手，深情道歉，朴实的妻子面带羞涩，笑容灿烂。

“十年之前，我不认识你，你不属于我。”不知老周是否听过这首歌，他用真情和忏悔，谱写了另一曲《十年》。把自己的丑事公之于众，这需要多大的勇气？毫无疑问，是爱给了他力量！

原载于《天下男人》

错 爱

文|罗西

火柴爱上森林，青蛙爱上王子，游鱼爱上飞鸟，伤口爱上痛，飞蛾爱上火……这都是错得一塌糊涂的爱！

最真的人碰不上最爱的人，最爱的人碰不上最对的人，最对的人碰不上最好的人，最好的那个人也在问天：我错在哪里？

几乎人世间都是错爱的人，因为我们不可能数完所有的星星然后决定把心交给哪颗星星！星空浩瀚，而你我的爱，是如此局促、狭隘、卑微、渺小、有限，所以我们都在错爱，然后尽量安心地接受而不是真挚地拥有。

我们没有绝对的选择，只有偶尔的遇见。

我的一个知心朋友，苏苏小姐，曾经用无数的雅号、昵称在婚介所、交友网站登记征婚，经历无数男人，但仍没有找到真爱，最后结束于一句痛彻心扉的大实话："我只有一个乳房！"

苏苏天生乳房畸形，一边凋谢，一边蓬勃，这是她宿命般的痛苦。她以为撒网式的征婚能找到可以接受自己的人，因为妈妈总安慰说：一根草一点露，每个人在天上都有一颗对应的星星，不要害怕没有人爱。

但仍然是海底捞针的空落与绝望。

没有男人愿意接受只有一个乳房的女人，哪怕她有品位、善良还不丑。作为一名报社记者，她也有机会接触更多的人，但就是没有找到对的人。一晃就接近40岁的年龄，她仍然单身，仍然左手安抚右手，常常半夜起来跟月亮交谈……

终于有一天，在某监狱采访一犯人，这使苏苏开始了新一轮的恋情。他是一个强奸犯，身上有劣迹有故事，比如伤害过女人，也英雄救美过……访谈里，苏苏渐渐知道他的内心：一个渴望爱的粗鲁男人，不乏善念，有才情，写一手漂亮的字……

也许是交流了太多的秘密，于是两人就成了朋友，然后成了知己，通过一年多的信件往来，最后他对苏苏说："我爱你，我想早点出去，娶你！"

可是，苏苏还没有告诉他有关自己的绝世秘密：仅一个乳房的沉痛事实。

当苏苏用书面语言告诉他之后，他居然辗转要到了她的手机号，急迫地告诉她："我更喜欢你了，因为我知道你的苦！"

苏苏想，他的分析是对的，错过比错爱更糟，她愿意再赌。

在那个男人获减刑出狱后不久，他们就结婚了。苏苏现在很幸福，因为嫁给一个爱上自己缺陷的男人，一份"对的爱"，比真理更值得我们去追求，因为真理是用来认识世界的，而"对的爱"是用来认识自我的。

如果你是一只海鸥，你就嫁给汹涌的大海；如果你是一只天鹅，你就嫁给平静的湖水；如果你是一朵小花，你就嫁给一瓶清水吧。

这个世界上，大家都在爱，错爱太多，对的爱太少。

但是，谁又能慧眼识别：哪个是"错过"哪个是"错爱"？如果还不知道是"错爱"前，我不愿意"错过"，你呢？

原载于《羊城晚报》

爱一个人，登一次珠穆朗玛峰

文|罗西

一个40多岁的兄弟，最近热衷于健身，我笑他：一定是受刺激了。而最大的刺激是他交了一个比他小一轮的女生，比如刘强东娶了“奶茶妹妹”章泽天后，身子一下子变得硬挺了，不是被掏空的那种瘦，之前他发福。

恋爱与创业，强悍的男人都不想错过，这两件事最折磨也最考验男人。刘强东喜欢“战斗”的感觉，与章泽天的好，不仅让自己脱胎换骨，也成全了自己的爱。王石刚辞职，女友田朴珺微博上贴了张王石画像，“从容淡定，眼里又透着刚毅”，表示“守护你，也成全自己”。显然，王石的爱情足够强大，年龄不等，中间对齐即可。

企业家的爱情婚姻，往往也比较精彩，他们多为强者的爱情，其实也是魅力、生命力强大的一个表现。有些人天天喊正能量，其实，你到年轻人中去，那里就有正能量与荷尔蒙的味道。我有个秘诀：与年轻人做朋友，不容易老。

美国佛罗里达州立大学一项研究显示，如果丈夫魅力大，妻子节食减肥之心会更迫切，甚至可能出现进食障碍。不过，如果妻子魅力大，丈夫不会有类似念头。反过来，这也激励自己变成更好的自己。爱是登山，让自己更富氧、更健康，也更快乐、更有魅力。

之前，京东集团创始人、集团董事局主席兼执行官刘强东及京东集团宣布向中国人民大学捐赠3亿元，设立中国人民大学京东基金。章泽天陪伴出席，她看刘强东的眼神，真的满满都是爱与崇拜！

刘强东在“哈佛中国论坛”上演讲，最核心的一句话是：创业就是解决问题，能解决某个问题你就成功了，在不断解决新的、更大的问题中，公司就能发展壮大。创业者是“创作”，更是战斗着，解决一个又一个的问题。这是创业者的折腾，也是苦，又何尝不是铿锵有力的成就感与猎猎作响的魅力？

创业是攻克堡垒，爱情就是登山了。异曲同工，都在解决问题，特别对男人而言。所以女人喜欢看自己的男人躺在车底下修车，喜欢看男人做菜，甚至喜欢男人爬上梯子换灯泡的样子……

早在20世纪90年代，王石就是不少女性心目里的白马王子，有个女作家这样写他：“有力的眼神，成熟的面孔，的确让不少70后、80后女大学生意乱情迷。”王石说：人生就像登山，很多时候，遥看目标，似乎高不可攀，其实每向前一步，我们也就距离目标更近一步……

因为恋爱，王石变得更好、更纯。王石越活越年轻、越老越有味道。48岁开始登山，62岁完成哈佛学业，接着再接再厉去剑桥读书……王石事业辉煌，也是爱情的赢家，他精力充沛，他力大无穷。在这世界上，唯有创业与恋爱才可以比较痛快、全方位释放你的能力、力量，即生命力，即魅力。

王石辞职后，潘石屹惺惺相惜地写了一篇文章向王石致敬。“自我从事房地产以来，王石一直是我学习的榜样和追随的目标。”他盛赞王石是个“有理想、有追求、有精神”的人，说他不向世俗妥协，不向权贵低头，活得有骨气。“王石辞职了，其实他还很年轻。比起默多克、巴菲特，这些都还在努力工作的企业家，王石还是年轻人。他的心态更年轻，现在还正在谈恋爱呢。”

王石征服了房地产、珠峰、哈佛……最后第九座峰就是这位田朴珺。爱情，让这个男人永葆青春。

原载于《爱人》

来不及与你狼狈为奸

文|罗西

来不及穿好衣服，你就走了；来不及弦歌一堂，我就老去；来不及浪漫，已是浪掷好多年……来不及深爱，你已经陌生；来不及今生，来世不来也罢。

爱情的荒谬是活着的荒谬的一种，总是觉得时间不够，“来不及”是活着的最狼狈的一面。时间有限，所以，必须重口味地活着；爱，是重口味地活着的一种；而重口味的爱，在我看来可以用一个成语来承载：狼狈为奸。

好想与你狼狈为奸。好事做绝，不如与你一辈子狼狈为奸。

他与她相爱了。秘密地爱。他比她小近20岁。那是深冬，爱情是易燃物。她怕来不及，觉得自己是爱情弱势，所以爱得惊慌失措、语无伦次，爱得很狼狈，很失态。

五个月后，他渐行渐远，而她却渐入佳境。

一年后，他彻底冷却，如灰，而她热烈，为他而发烫，是炭。她说：“我还来不及回味，他却厌倦了。”永远输给无常，痴情输给绝情。

爱情若是无法真正“狼狈为奸”，那才是真正的狼狈。

一段不被接受的爱情，需要的不是伤心，而是时间，一段可以足够用来遗忘的时间；可是，她40多岁了，没有多少时间了。

当时遇见他，彼此一见钟情，她有多庆幸，就有多担心，毕竟她已经不年轻了。年龄的鸿沟，就是她自带的银河，牛郎织女都跨不过的银河。虽然，他不承认离开她是因为年龄。但是，老去的速度永远跑在爱情进度的前面。

要命的是，她只想找年轻的男子，只喜欢“小鲜肉”。爱情是一种绝对个人主义的口味，她好这口，注定这口无比的苦。没有办法，爱情就是没有办法。

我能深切地懂得她冷冷眼神之后的悲哀，“来不及”是多么仓皇的无奈与隐痛。

爱情是青春的奢侈品。很多时候，我们不是输给爱情，而是输给光阴，输给个性，输给嗜好，输给口味……

人生苦短，特别是爱情，总是捉襟见肘，总是得不偿失，来不及说“不”就受骗了……

其实，对谁都一样，爱情，总是来不及开始，更来不及后悔。

来不及的我如此沉重，而你轻浮；来不及的我呼吸急迫，而你却像生活不能自理的萌宝一样没心没肺没完没了地笑着……

来不及是我有真心，而你只有狼心狗肺；来不及是我病入膏肓的思念，而你只有风轻云淡的一笔带过……来不及的，常常都是因为没有交集，没有重叠，没有懂得，没有珍惜，没有“原来你也在”的默契与机缘。

来不及是光阴的常态，是爱的常态。一滴水与另外一滴水的见面都是千万年的因缘。错过了就错过了。爱不起你，常常是因为来不及爱你，一切都已结束得如此一气呵成、理所当然。

原载于《希望》

乱世飘零乱世情

文|姜钦峰

才子佳人，神仙眷侣，从来只活在浪漫文人的笔下。李清照与赵明诚的结合，却让人们千百年来对婚姻最美的想象变为现实，二人仿佛从戏文里走出来的似的。少女时代的李清照便已是名动京城的才女，年轻的赵明诚则是北宋最高学府太学的高才生，天之骄子，才华横溢。二人均出身于书香门第，官宦世家，门当户对，天作之合，不知惹来多少艳羡与嫉妒的目光。

夫妻俩志趣相投，互相仰慕，婚后的日子幸福甜蜜。赵明诚曾对李清照的才华不服，他闭门谢客，三日内连写了50首词，然后全部送给朋友点评。他耍了一个小动作，故意把李清照新写的一首夹了进去，却不明说。朋友不知情，老实说道："你写了这么多，我看只有三句最好。"赵明诚忙问是哪三句。朋友答："莫道不消魂，帘卷西风，人比黄花瘦。"这正是李清照的名句，赵明诚哑然失笑。

赵明诚是著名的金石学家，夫唱妇随，在丈夫的影响下，李清照也爱上了文物鉴赏与收藏。赵明诚在淄州做官时，有一次，在外面寻访到一套白居易手书的佛经。他欣喜若狂，连夜骑上快马，一路狂奔回家，要与爱妻分享喜悦。当他赶到家中，已是三更半夜，点起蜡烛，夫妇俩举杯对饮，共赏奇珍，直至后半夜仍意犹未尽。

那是一段神仙般的日子，不料一声炮响，金人南下。山河破碎，北宋灭亡，金人的铁蹄踏碎了这个美满的家，遭遇一连串的变故后，赵明诚突然病逝。这一年，李清照46岁。作为女人，她失去了最有力的依靠，天塌地陷！她毫无准备，甚至来不及悲痛，就不得不独自面对一切。她一面逃亡，一面将丈夫生前收藏的大批文物转移南下，那是她和丈夫毕生的心血，比生命还重要。可是，几经颠沛流离，绝大部分文物都在战火中散失殆尽，她的心碎了。

宁为太平犬，莫作离乱人。一个无依无靠的弱女子，带着所剩无几的文物，背井离乡，在经历了长期战乱与逃亡之后，仿佛惊弓之鸟，心胆俱寒。恰在此时，另一个男人走进了她的生活，此人正是张汝舟，时任军中七品官。她太累了，太需要一个避风的港湾，一个可以依靠的肩膀。当张汝舟派媒人送来婚帖时，她坦然接受了，既为自己，也为那些比生命还珍贵的文物找一个安定的家。

李清照下嫁张汝舟，现在看来很平常，在当时却激起千层浪。宋代封建社会，女人夫死再嫁，被认为是失节，是丢人现眼的丑事。“忠臣不事二主，烈女不嫁二夫。”“饿死事小，失节事大。”何况李清照是名满天下的才女，她的娘家和以前的夫家均是高官名流。可想而知，当她决定走出这一步时，需要多大的勇气。她不愿理睬文人士大夫们的冷嘲热讽，只想安安静静地走完余生。可是，她错了。

她能看准千年以前的文物，却看不透近在咫尺的人心。结婚之后，她才发现，自己一生的名誉和后半生的幸福，竟托付给了一个猥琐下作的男人。张汝舟真正看中的，其实是她的文物。他很快就露出了真实面目，品行不端，而且动不动就对李清照拳脚相加。结婚不到三个月，她忍无可忍，愤而提出离婚。

一波未平，一波又起。在男权社会里，李清照此举，无异于惊世骇俗。当时的社会背景下，只有男人才有权力休妻，女人通常是没有资格提出离婚的。张汝舟对此自然不屑一顾，干脆耍起了无赖，但是他太低估了这个外表柔弱的女人。李清照迫不得已，只好向朝廷告发，揭露张汝舟弄虚作假骗取官职。

这桩名人离婚官司立刻轰动朝野，闹得满城风雨，甚至惊动了当今圣上。皇帝亲自下令查办，后经查证，检举属实，张汝舟被撤职流放。宋朝法律：如果丈夫被流放，妻子就可以提出离婚；同时又规定，妻子告发丈夫，如果丈夫被定罪，妻子也要坐两年牢。李清照当然明白其中利害，为了摆脱张汝舟，宁可玉石俱焚。幸运的是，在朋友的帮助下，她只坐了九天牢，就被放出来了。

她打赢了官司，却不可能战胜一个时代。她敢爱敢恨，却被视为离经叛道，形象尽毁。时人对此多有讥讽之言，说她“晚节流荡无归”“无不笑之”，就连她自己也认为“晚节不保”。晚年的李清照，背负着嘲讽与骂名，在孤苦寂寞中打发时光。“寻寻觅觅，冷冷清清，凄凄惨惨戚戚。”她只能活在回忆中，用那凄婉清丽的文字，寄托对丈夫赵明诚的无限哀思。

自古红颜多薄命，李清照这一生，几乎遭遇了一个女人可能遇到的所有不幸：国破家亡，乱世飘零；中年丧夫，再嫁又离婚；老来无子，孤苦伶仃。上天对她如此不公，却又如此眷顾她，将万千才华集于她一身。她奋起抗争，最终敌不过无形的命运之手，她的悲剧，毋宁说是时代的悲剧。当南宋小朝廷偏安江南不思进取时，她积极主张北伐收复故土，并写下了铿锵悲壮的《夏日绝句》：“生当作人杰，死亦为鬼雄。至今思项羽，不肯过江东。”壮怀激烈，不让须眉。

宋高宗绍兴二十五年（1155年），一位72岁的老人在凄风冷雨中溘然长逝。一代词宗，悄然离世，临安城内繁华如故。“倚门回首，却把青梅嗅。”字里行间，绿树花丛，我们仿佛又看到当年那位多情少女。

长歌当哭！多少爱恨情仇，都已烟消云散，只留下千古绝唱，任后人凭吊。“物是人非事事休，欲语泪先流。”乱世成全了她，又捉弄了她。

原载于《意林》

阿甘都知道，什么是不爱

文|罗西

怀孕七甲的赵某，拖着三岁的女儿，在电视台的帮助下，找到了失踪四个月的丈夫，他在上海已经和人非法同居了。在节目录制现场，三方坐在一起，作为老婆的赵某声泪俱下，哀怨、求饶，她声声喊：“老公，你舍得扔下我们？”她叫“老公”的口气，没有愤怒，只有乞讨，但是老公则是一脸淡漠、烦躁。

老公死的心都有，只想用一句话说服其妻子放过他……这句话，后来谢霆锋在一个广告里念了：不爱就是不爱。听谢霆锋嘴里说出这句决绝的话时，我莫名地心疼了一下张柏芝，我是想多了。不过，说服一个人离开，真的就两个字：不爱。

接着，这位冷酷的老公更明白地说了：“除非我死，要不我是不会回去的。”

轮到第三方发言了，一个18岁的安徽姑娘，鄙夷地看着这乱象，然后说，自己十分愿意把那男人交还给他妻子，完璧归赵，她反而比原配义愤填膺，比画着说：她是后来才知道这个男人有老婆的，她也是受害者，是那男人缠着她，在她租住的楼下，他常常一站就是一个通宵……

老婆听不下去，愤怒地要去撕打“狐狸精”，但是第三方被丈夫坚定地挡着、保护着，他说：“她没有骗我，是我骗她。”肝胆相照，侠义柔情，疼惜有加。

那原配赵女士仍然口口声声说："不，我老公是爱我的，我们有四年的感情，他一定是有什么把柄被那女人控制着才口是心非、言不由衷……"

老公比原配激动："我是爱她的，都是我主动追求的。"小情人看着，没有感动，还是置之度外的冷笑。

主持人问赵某："他们都已经表明心迹了，你应该知道他们真实的想法了！"她仍然哭着，坚定不移地说："不，我老公绝对不是那样的人，他一定有什么苦衷。"然后以迅雷不及掩耳之势冲到丈夫面前。我以为她会打他一耳光，我也希望是这样，要不我太难受了！但是，她是跪下来，仰头、破着音哭喊："老公，你是爱着我的，我知道的，我们一起回去……"不容她说完，丈夫极端不耐烦甚至厌恶地推倒她，起身走了。

这个节目，看得我想撞墙，那男人够无耻无情，那情人够冷酷，那老婆本可以落个无辜的名声，但是她的表现让我觉得很无奈，甚至很残忍地想：这样的傻女人活该受这样的罪，爱憎不分，连老公不爱，通俗易懂的不爱，都看不出来；或者就是自我麻痹；而且，他丑恶的嘴脸，他的坏，她居然看不到，一厢情愿自作多情偏执地认为他有多么好、多么无辜、多么困难！

我想起美国电影《阿甘正传》里的一句台词："虽然我不聪明，但是我知道什么是不爱！"男人坏，可耻；女人傻，则可恨。

另外一个女读者在给我的邮件里说：她是在午饭后和他提出离婚的，他沉默一会儿才说"不离行吗"，他说"还爱"……她忍住眼泪，使劲摇头说"不行"，然后就抱住他大哭起来，"因为我爱他"，可他又离不开外面的那个女人，所以我只有"选择离开"，那也是她想了许久才做的决定。

下楼的时候，她腿都软了，他在前面用一种复杂的眼神看着她，伸出手要扶她，但是她坚定地回绝了！到了法院才知道户口本没有带，只好回家，就这样一缓冲，她坐下来，不想出去了，妥协了，不离了。理由是："谁会知道下一个会比这个好吗？别人会对孩子好吗？而且我也没有信心再爱别人……"

确实很多女性在挣脱不爱的男人时都有过这样的内心挣扎，然后得过且过，最后，急症变成慢性病，伤口变成伤痛，由此潦草、放弃后半生。我们常常可以为了爱，变得勇敢；但是，在不爱的时候，反而懦弱起来。

我喜欢一个离婚女人的一段日记："从法院出来，我去了一家熟食店，买了我平时舍不得买的炸鱼排和另外几样小菜，再不用做饭了，想吃什么买什么……"没有爱了，但是不能没有自己。

从不爱的婚姻牢笼里出来，不是失败，只是绕路了，甚至也是解放，就是对自己公平。男人要对自己狠一点，女人要对自己好一些。谢霆锋说：不爱就是不爱；张柏芝也可以说：不爱就不爱！

原载于《家庭生活》

快乐都是自找的

文|沈岳明

在我们小区的一个车库里，住着一个三口之家。车库只有不到20平方米的空间，要住一家三口自然有些拥挤。好在那是开发商以前用作仓库，现在还没来得及卖出去的车库。那里已经空置了好长时间，正好让这个三口之家暂住，当然也不用交房租。

男的是小区聘请的临时清洁工，女的没有工作，带着一个七八岁的小男孩，除了给父子俩做饭洗衣，有时候也帮男的清理一下小区的卫生。

小区是高档小区，不但设施齐全，而且环境优美。每个套间的面积都在130平方米以上，而且家家有车。冬天有暖气，夏天有冷气。对于既没暖气也没冷气的车库，冬天则如冷窖，夏天就像蒸笼，实在让人难以忍受。而那三口之家就像另类，在这个小区里总是处处显得格格不入。对于那一家三口朴素的穿着和有些土气的行为，时间一长，人们也就习惯了。

慢慢地，我发现，白天人们都在上班，倒还没什么异样，可是一到晚上，便有些不同了。从那些装修豪华的套间里传出来的，大都不是麻将声就是争吵声，再就是可怕的沉默。只有住在车库里的那一家，总是充满了欢声笑语。

一天晚上，我从城中河边散步归来，正好听到那一家三口的欢笑声，于是便信步走了进去。男主人非常热情地接待了我，女主人则在忙着收拾桌子。

我问男主人："你们一家怎么这么开心呀，莫非有什么喜事？"男主人故意只笑不吭声。见我一脸茫然，女主人也跟着咯咯地笑了起来。我更加好奇了，问："是不是今天清理垃圾的时候捡到一大笔钱了？"男主人摇了摇头，脸上仍然漾着笑意。我又问："是不是孩子考上重点学校了？"男主人还是摇头微笑。我说："既没捡到钱，孩子又没考上重点学校，还有什么值得这么高兴的事情呢？"

男主人这才收敛了笑容说："其实也没什么事情，今天我从垃圾桶里捡到了一个高脚酒杯，于是晚上我们一家人便学着电视里演员喝红酒的样子，以茶代酒，轮着喝，结果，我们互相看着对方的样子实在太滑稽，所以就笑了。"

原来只要心中藏着快乐的人，一件简单得不能再简单的事情，也能让他们笑上半天。我看着住在简陋车库里的这一家子，突然觉得他们其实是如此幸福。在我准备告辞的时候，男主人突然对我说："其实快乐都是自找的，如果你不自己去寻找快乐，那么快乐是不会主动送上门的。"

这是一句多么有哲理的话啊，谁也没想到，它竟然出自一位如此普通的人之口。快乐都是自找的，同样的道理，痛苦也都是自找的。富人和穷人，住在高楼里的人和住在地下室里的人，都有寻找快乐和痛苦的权利，重要的是，他们愿意去寻找什么。

原载于《石狮日报》

坚守你的幸福

文|冯有才

有一朵玫瑰，一朵非常非常漂亮的玫瑰，傲立于花园中。这是一座漂亮的花园，漂亮的玫瑰傲立于漂亮的花园中，那么，它就显得亮得扎眼，红得刺人！

花园的主人是一个非常好客的人！

一天，一个贫穷的小伙子，准确地说，是一个充满爱心的贫穷小伙子。他拜访了花园的主人："哈，多么漂亮的花园，多么漂亮的玫瑰！"小伙子刚进花园便赞叹不已。

"谢谢！谢谢夸奖！"花园的主人很谦虚，但是他那微笑的脸庞始终掩饰不了被称赞时的喜悦。

"那么，尊敬的主人，我可以从你的这个花园里带走美丽吗？"小伙子礼貌地问。

"当然可以，请便！"

"那，我可以带走那朵漂亮的玫瑰吗？"小伙子一开口就点明要那朵玫瑰。显然，在进门的那一刹，他便看中了那朵玫瑰！

"这、这……"花园的主人很犹豫，因为他知道那朵玫瑰在花园里的价值。

"可以吗？"小伙子再次礼貌地问。

"这……当然可以。只是，我不知道那朵玫瑰是否同意。"花园的主人说道。

“那，没关系，我可以去问问玫瑰的！”小伙子边说边朝玫瑰走去。

“亲爱的玫瑰，我可以带你离开这儿去组成一个新家吗？放心！我会将你整个儿都挖出来，保证不会弄伤你，弄折你的！”小伙子很礼貌地问玫瑰。

“哼，这可不行，你那么穷，会善待我吗？高贵的玫瑰只属于高贵的人。或者，只能献给高贵的爱情！就你这模样，哼！打死我也不跟你走！”

玫瑰的态度很坚决，小伙子只好悻悻止步了！

在小伙子即将离开的时候，他向花园的主人要了一棵不太起眼的月季花，并且小心翼翼地把它挖出来，小心翼翼地把它捧在怀里向花园的主人告别！

玫瑰很高兴，因为它没有被那个穷小子带走！

又过了几天，一个衣着华丽的富家子弟，带着他的漂亮女友，参观了这座花园。这个富家子弟在进花园门口的时候就已经看中了这朵玫瑰！

“亲爱的！漂亮的玫瑰只属于漂亮的你！”富家子弟对他的女友说。

“好啊！”他的女友显得十分高兴。

“啊！漂亮的玫瑰，我可以把漂亮的你献给我的漂亮的女友吗？”富家子弟礼貌地问。

“好啊！好啊！高贵的我只属于高贵的爱情！”玫瑰很高兴地答应了。

于是，玫瑰被富家子弟给摘了下来，献给了他的漂亮女友，献给了他的高贵爱情。

玫瑰很高兴，因为它终于如愿以偿了。并且，那个富家子弟的漂亮女友，也就是它的新主人，把它插在了一个很漂亮的花瓶里。

可是，几天后的它便憔悴了。因为它的新主人这几天来从未给它换过一次水。

玫瑰在花瓶中坚持着。

几天后，房子里又添了好多时尚家具，它的女主人陶醉在新的美丽中，几乎把这朵玫瑰给忘了。

玫瑰开始后悔了，但它仍在花瓶中坚持着。

它的女主人仍没有给它换水。

玫瑰开始想起了那个贫穷的小伙子，想着当初如果被他挖出来带回家栽了起来，如果……

终于有一天，它的女主人发现了它。

“呀！花瓶里什么时候放了一朵玫瑰啊！看它干瘪瘪的，丑死了！”她随手把它扔进了垃圾箱。

而那个贫穷的小伙子，在几年后也拥有了一座花园。一座只种有月季花的花园。

其实，人生中的爱情也如此。如果只是一味地去寻求完美的爱情，那么，你获得的，只是完美的一刹那，而失去的，却是拥有整个爱情生命的机会。

爱是一个找寻与明白的过程。找寻了，从此懂得了珍惜；明白了，从此更加幸福。

爱的最大幸福并不是找寻一个完美的人，而是坚守一个给予完美爱情机会的人，一个能心甘情愿为你付出的人。

原载于《幸福》

有一种爱，只能遗忘

文|朱国勇

在那年华如玉、青葱似水的岁月里，总有一个人，你会深深地爱上，然后，再用长长的一段时光，来淡淡地忘。就如一树繁花照水，再美艳，再芬芳，也只有一季，凉风乍起，注定花落无痕。

朋友是情种。17岁，一本书、一支歌就能演绎成故事的季节中，他爱了，一个旁人看来朴实无奇的女子，成了他心中唯一的天使。朋友吹得一管好箫，露冷月白之夜，常有他的箫声在校园中缠绵。“梅花一弄断人肠，梅花二弄费思量，梅花三弄风波起，烟雨深处水茫茫……”始终不变的曲子，优美怆然的旋律，半个校园的人都懂了，那个女生，却偏偏无知无觉。

再以后，毕业时，朋友坚持自己最后一个走，所有的同学，他一个一个地送。每送一个同学，他便落一次泪。送到她时，站台上，朋友号啕大哭。或者，经历十多场送别，不过是为了名正言顺地送她。

汽车开出老远，还看见他在站台上挥手，如一株落叶萧萧的木，在风中招展，好瘦！

一转眼，12年过去了。在网上，又碰到了朋友。朋友说：忘了，终于忘了，只是我没想到会是这么一段漫长的时光，整整12年。淡淡的语调，不知隐了多少柔肠。

世上的初恋，都是用来伤怀与忘却的。携手人生的，有几个，能是怦然心动一眼相中的那个人呢？

在找到命中注定的那个人之前，注定了会有一段伤怀的故事。就如一场大戏之前，会有一段序幕；一桌大餐之前，会先上几个冷盘。没有谁能躲得过，逃得脱。或者，就算能躲，只怕也无人愿意错过这一方伤怀的风景。虽然酸楚，却也正因了它，这人生才完整。

只是，这长长的一段用来忘怀的时光，最断人肠。这之间，有多少千回百转，露冷霜寒，只有自己知道。

我问过朋友：还记着她吗？记着，怎么会忘呢？12年的悠悠岁月，正当人生锦年，因了她，才双眸带恨雨雪纷纷……

但是终有一天，还是要忘了。执子之手，与子偕老，迎来人生的另一段风景。

说忘了，其实也没忘，只是少了当初的凄楚。再忆起，就像是看一幕黑白的老电影，纵有伤怀的音乐，感叹的情节，自己却已经是一名局外的看客。黯然地看着，就像是欣赏别人的故事。

12年了，才终于，锻炼出一颗不再喊痛的心。

年少情怀，入诗入画。谁是谁的风景，谁又是谁的天涯？

当一轮圆月升上山头，不由恍然忆起，那一年，我真的，好爱你……

原载于《南昌晚报》

为爱走天涯

文|姜钦峰

传说，爱神丘比特跟情人赌牌，女方以吻做赌注，丘比特以弓箭和箭鞘做赌注。不料丘比特霉运当头，不但输掉了弓箭和箭鞘，连同母亲的鸽子、麻雀等家当也输得精光。豆腐没吃着，反把底裤给赔掉了，丘比特输红了眼，最后孤注一掷，以两只眼睛下注，结果仍然一输到底。从此，爱神变成了瞎子。所以人们才说，爱情是盲目的。

偏偏有人不信，比如英国人艾伦·威尔斯。此人是伦敦一家公司的市场营销经理，年届而立，事业有成，却仍是光棍一条。艾伦决定主动出击，并制定了宏伟的全球相亲计划。为此，他在网上开通了相亲网站，声称要用一年的时间来寻找终身伴侣。只要有合适的女孩，无论天涯海角，不分种族国籍，他都愿意前去相亲。

不惜成本，不计代价，艾伦似乎急红了眼。

在此之前，他曾有过无数次失败的相亲经历。有个女人拿出10年前上高中时的照片，硬说是自己现在的模样，结果可想而知，自然是见光死。另一位英国女孩，似乎对间谍007情有独钟，约他在赌场见面，结果艾伦大失所望。在与伦敦女孩麦琪约会时，麦琪竟让艾伦跳进公园的湖里，他二话没说，纵身跃入冰冷的湖水中，却没有赢得女孩的芳心。艾伦事后认真总结，自己很傻很天真!

“我厌恶老套的相亲方式,穿着最好的衣服,花200英镑请人吃晚餐,一切都是装出来的,不能展示真实的自己,也很难了解对方。”饱受打击的艾伦,终于对本国女孩失去了信心,于是才萌生了全球相亲计划。他的哥哥正好在航空公司工作,能为他提供打折的机票。万事俱备,只欠东风。

不出所料,相亲网站开通后,世界各地的约会邮件像雪片一样飞来。艾伦兴奋不已,满怀期待地踏上了全球相亲之旅。在加拿大,他见到了28岁的美国姑娘尼基,两人迅速坠入爱河,却无疾而终。此后,他又到过巴黎、布达佩斯、芝加哥、温哥华……最离奇的事情发生在澳大利亚,女孩为了考验艾伦,先后让他和海豚共泳、陪鲨鱼潜水,最后又让他从飞机上跳下来。艾伦通过了考验,却未能抱得美人归。

为了寻找爱情,艾伦几乎走遍全球,上天下地出生入死,无奈爱人仍在千里之外。时间已过去近一年,孤单的艾伦身心俱疲,沮丧万分,但仍不死心,依然奔走在漫漫相亲路上。他准备再往澳大利亚相亲。就在他上飞机之前,忽然收到一封奇特的来信,信中只有一个U盘。坐在飞机上,艾伦拿出笔记本,打开了U盘,里面有音乐、照片和一封信。写信的女孩名叫克莱尔,她说,愿意陪他到地球的任何一个角落去寻找梦想!美妙动人的音乐在万米高空中轻轻飘荡,丝丝入耳,艾伦心有所动。

艾伦去泰国进行了第53次相亲,与以往不同,这次相亲的对象并非当地女孩,而是远道而来的克莱尔。这是艾伦的最后一次相亲,从泰国回来,他立即关闭了相亲网站,并解释说:“如果再不关掉,克莱尔会不高兴的。”得意之情溢于言表。艾伦不远万里,辗转13个国家,前后历时一年,终于成功告别了单身。虽然路上找得辛苦,到底有了圆满的结局,许多人都为他松了口气。

故事到此本该结束了，只是有必要补充一点。克莱尔其实是个英国女孩，也在伦敦工作，而且与艾伦住在同一条街。唯一不同的是，两人每天出门上班时，一个向左走，一个向右走。艾伦为爱走天涯，最后却发现，原来真爱就在咫尺。众里寻她千百度，蓦然回首，那人却在灯火阑珊处。

爱情是个珍稀动物，往往不属于精明的猎手，主动出击的结果，多半是空手而归。真正的爱情就像打喷嚏，强求不来，但总会在不经意间和你撞个满怀，到那时，你躲也躲不了，不如顺其自然。

原载于《婚姻与家庭》

藤缠树

文|姜钦峰

她和他是大学同学，又是老乡。刚开学不久，学校组织文艺会演，班上要出一个节目，她和他被同学们硬推了上去。男女声二重唱，他们只会唱一首歌，没想到这还成了班里的保留节目。从此以后，只要学校有演出，准是他俩上。这首歌，从开学唱到了毕业。毕业分配，两人同时回到家乡教书，又在同一所中学。

一切都变得顺理成章，她羞答答地挽起了他的手。两人都是学校的骨干，事业蒸蒸日上，一切都那么美满，此时她却病倒了。胰岛素依赖性糖尿病，医生搬出一部砖头厚的医学书给她看。只看到一句话，她就已满脸泪水——“糖尿病是一种终身疾病。”那时，她还不到30岁，孩子才两岁，一颗心已坠入无底的深渊。

他却像个没事的人，轻描淡写地说，哪有蹚不过的河，有病就治病呗。说起来容易，但她必须终生注射胰岛素，每天三针。请护工根本不现实，他必须学会打针。他第一次握着针管时，就像张飞拿起了绣花针，手忙脚乱，连扎了三次，才勉强把药水打进去。她疼得脸都变了形，却一声没哼，他看在眼里，满脸歉意，说你先忍忍，慢慢就好了。

果然，他的技术突飞猛进，一次比一次打得好。他还自鸣得意，说打针其实一点也不难，只要掌握三字要诀就行了，那就是

“稳、准、狠”。话音刚落，他已拨出了针头，她甚至没感觉到疼。她心想他的悟性确实不错。直到她突然发现，他的左臂上布满针眼，才明白了是怎么回事，眼泪止不住就下来了。

他成了她的专职护士兼代课老师。只要她的身体一有状况，他就要随时顶上。下班回家，他还得买菜做饭，照顾孩子，就连晚上睡觉也要绷紧神经。注射胰岛素容易引起低血糖，严重的时候会导致昏迷，晚上睡觉时尤其可怕，如果发现不及时，她就会一睡不醒。好几次，她在睡梦中昏迷过去，都被他及时发现，才化险为夷。

日复一日，年复一年，他像个身在前线的战士，时刻要保持一级战备状态。她不知道，他到底有没有睡过一个安稳觉，每次问他，他就笑，说两个人在一起时间长了，会有心灵感应的。她信了。终于有一天，她忽然半夜醒来，发现他正大睁着眼睛盯着自己。四目相对，她的眼眶湿润了。

她的病情渐渐稳定。他偶然在报上看到，在美国可以移植胰腺，这有可能根治她的病，但需要高昂的医疗费。两人当教师的工资加起来，就算几十年不吃不喝也不够。为了多赚钱，他想到了改行，考律师。她却坚决反对，他本来是学理科的，人到中年，要从头学习法律，还得通过严格的司法考试，谈何容易？他已经够辛苦了，她舍不得再让他去拼命。更何况，他的事业正处在上升期，再过几年，极有可能成为最年轻的校长。可他心意已决，怎么劝也没用，只要能让她过得更好，他什么都不在乎了。

他开始自学法律，白天上课做家务，晚上复习，直到夜里两点才上床睡觉。他拼了命，两年后，终于成了律师。为了她，他放弃了稳定安逸的工作，放弃了升迁的机会，从头再来，几年辛苦打拼，终于有了起色。他又把全家从北方迁到了南方——南方气候温润，有利于她的关节炎康复。她是他的圆心，他这一生都在围着她转。她心疼地问他，为何要这样拼命？他认真地说，我害怕，怕有一天会失去你。

老同学聚会，大家仍没忘记拿他俩起哄，都说还记得当年那个经典节目。在热烈的欢呼声中，她和他又被硬推了上去，亦如20年前的初遇。唯一不同的是，他已不像当年那般青涩腼腆，大方地拉起了她的手。熟悉的旋律响起，依旧是那首老掉牙的男女声二重唱："连就连，我俩结交订百年，哪个九十七岁死，奈何桥上等三年……"

歌声婉转，伴着悠扬的葫芦丝，缠绵悱恻，丝丝入耳。古老的情歌，不老的爱情，这曲《藤缠树》，他用心唱了一生一世！

原载于《风流一代》

第四章

风雨漂泊只为爱

跃进婚姻里的女人，都是一颗风中漂泊的种子。毕生的漂泊，只为了一个爱的承诺。一旦有了，就抛家别国义无反顾，甘愿去一个全然陌生的城市；而所有曾经的一切，轻易，就被丢在身后。

那些花儿

文|陈全忠

大地回春，一个冬天过去，漫山遍野的花儿开放，整个村庄变成了一个花篮，鲜艳，明亮。那些花儿，红的，蓝的，紫的，白的，尤其是那些挂在悬崖边的一串串的，藏在荆棘中的一大朵一大朵的，我常常忘记了它们的名字。有一次我贪玩，冒着被蜂蜇的危险，从水边的深草丛里采摘了一朵金黄色的大花，放到鼻子前嗅，结果我被熏倒在地，半天没爬起来。

那个春天，姐不带我外出了，她叫我去采摘各种各样的花。我家的院角开着一大片兰花，洁净而素雅。院角的菜地里开着一排黄花，那是可以入菜的。我从山上采花回来，一大群蝴蝶就追着我跑，想讨回我带走的花儿。我把花插在一个净水瓶里。那些蝴蝶却忘记了花，在一个大立柜的镜子前翩翩起舞，顾影自怜。那是姐的嫁妆。姐要在这个春天出嫁了，嫁到另一个村庄。

在一朵花开得最盛的时刻，它总要被采摘，有的离开了它的村庄。姐走的那天，我把很多花都放在一个大柜子里。我因贪图那些花儿，一个人钻进柜子，结果被人抬到另一个村庄，见证了一朵花的嫁接仪式。

那些在河边浣衣的女子，那些心灵手巧的花儿，一个接一个，一朵接一朵，陆陆续续离开了我们的村庄，她们被带走了。那是很多人的欢欣，却是我一个人的悲伤。

姐走后，窗台上的花渐渐枯萎了，院角的兰花死了一大片，家里的墙壁蒙上了一层灰暗的尘土，上面贴着姐出嫁前买的一些年画，多少年没换了。没有花儿的家，就像一块没有阳光的土地，很少有人愿意清理和翻整。所幸的是那些花儿都长着翅膀，飞出去，还会飞回来。她们都认得回家的路，每年都要带着丈夫孩子回到我们的村庄。尤其是大年初二的时候，村庄的大路上穿梭的都是回家的花儿。那一天，整个村庄的天空显得特别明亮。树枝上都挂满了鸟儿的欢叫声。留住那些花儿不只是我一个人的想法。有些花儿终究是要走的，她们找到了另一片广阔的天空，就要展开翅膀飞出去。那就让她们去吧，那是她们想要的幸福。强行留住一些花儿，常常是一场不可收拾的悲剧。

10年前的一个晚上，我的邻居家灯火通明。一群不相干的人挤占了大门，一群相干的人铁青着脸，还有两个被孤立的人垂着头缩在屋子的一个角落。这是一场对峙。邻居家的女儿带回了她相爱的对象。在此之前，父母已经替她定了亲，一水之隔，对象是村里的一个小伙子。他常常殷勤地跑来，帮未来的岳丈家干活。小伙子这次跑来，带着宗亲，不是来尽孝，而是质问女方为何毁约。在那个年代里，一朵花儿孤独地开在荒芜的处女地上，迎战秋风。一场雪落在邻家父母的脸上，他们不仅没有认同女儿带回来的女婿，而且下了逐客令——不许他们和他们的孩子再踏进家门一步。两个年轻人渐行渐远，含着眼泪，一步步远离了村庄。

一个月过去了，一年过去了，又一朵花儿走上了和邻家女儿相同的道路，但她没有走出我们的村庄，而是用一瓶毒药结束了自己的生命。我家对面的山上添了一座新坟，坟前竖着白幡，开着白花，跪着两个人，姑娘的父亲和等待中的新郎。泪水消弭了裂痕。一场风过去了，又一场风过去了。小伙子依然年年来到村庄，成为我们村庄的半个女婿。

有多少错误可以弥补，有多少花儿可以重新开放，有多少爱可以重来。我看见时间的手在天空中舞来舞去，涂改着昨日或光鲜或黯淡或热闹或寂静的一切。邻居家一年前将女儿逐出家门的事随风飘散了，而割不断的是血浓于水的亲情。一个清凉的早晨，一挂悠长的鞭炮声响过后，邻居家迎来一个名义上为外孙的胖小子，没有任何的非难，这个时候出生的孩子都是幸福的孩子。

村庄里曾经忙碌的媒婆歇脚了，她们生活的舞台和古老的影子戏、露天电影都被冷落了。那些花儿，以风为媒，自由地寻找自己的爱情和归宿。

我大二那年回家，发现村庄的公路又加宽了，来来往往的车子多了，两个轮子和四个轮子的一起奔跑。回家的人，有的带着鲜花，这以前被定义为一种不能果腹的东西。词义的变化见证了一个村庄岁月的变迁。

我某天晚饭后出来散步，绕村庄转了一圈。山野上的那些花儿，不知什么时候跑到人家院子里去了。风送来一院子的花香，还有朴树的那首《那些花儿》。夕阳洒在一个脸皮白净的小伙子身上，他站在桥头，弹着吉他，陶醉地唱着。伤感而优美的旋律让孤独而幸福的人们想起那些曾经发生过的事：

“有些故事还没讲完那就算了吧/那些心情在岁月中已经难辨真假/如今这里荒草丛生没有了鲜花/好在曾经拥有你们的春秋和冬夏/她们都老了吧/她们在哪里呀/我们就这样/各自奔天涯/啦啦啦啦啦……”

原载于《都市晨报》

拔丝冬瓜，可托付终身

文|冯俊杰

她和他有了二人世界。他会做菜，做平凡的菜。

他常常说，嘿，我做一道菜给你尝尝如何？你也会做？她笑得腰弯如月，她拭目以待。

他的手艺中等。她大声嘲笑，你看你，一个男生居然也做饭。他笑得灿烂，还得意扬扬。他会做一道拔丝冬瓜。

冬瓜削皮洗净，很细致地切成均匀的薄片，调好面粉加入鸡蛋，将冬瓜片在面粉里面过一道，炸好；再放白糖加水，再拔丝，一边再开一锅，等到拔丝要成的时候，那冬瓜必须赶着时间重新炸一遍，然后再入糖锅，这样才会酥脆可口。

她夹起一块，外面焦脆，里面却是如水一般嫩。他练了多久？他手忙脚乱但是却心甘情愿，纯粹是为了讨她的欢心。其实他这样帅气可爱的男生，一直是有女孩倒追他的。她将心托付于他，为了一盘拔丝冬瓜。

在以后的日子里他是一个幸福的小男人。她乐得开心，吃得开心。但是幸福的小男人，魅力还是不如有钱的男人。没等毕业，她就已经换了情人。

她炒了爱情的鱿鱼，炒得比他的拔丝冬瓜还要干脆。他苦笑着承认，她的厨艺原来一直比他要好。后来毕业，后来再见面。中间许多过程，不足为外人道。她问，再见一面如何？再见，是在他的家里。相对无言，他说，你饿了吧？我去做饭。

他动手，切好番茄，打好鸡蛋。黄澄澄的蛋液在油锅里瞬间开花。是的，如果一个男人愿意为你洗手做饭，那么，你有福气。

她忽然泪流满面。她哽咽着要求：我想要吃你做的拔丝冬瓜。他愣在那里。然后笑了。昨日种种，到底，是要在今天才能够明白的。她深爱的还是这个能够给她做拔丝冬瓜的男子。

拔丝冬瓜，是可以托付终身的。

原载于《楚天都市报》

谢谢你站在我的身边

文|冯有才

因为在家中是幺儿的缘故，父母格外地疼爱我，所以使我养成了懒惰的毛病。能明天做的事情，是绝对不会提前到今天。

结婚后，每次下班回家，都是妻子烧好饭静静地等候我，我吃现成的。要不，我就一边看着电视，一边吃着零食，而妻子则在厨房里像陀螺一样忙碌着。老婆做饭给老公吃，这是天经地义的事情，何况她空余的时间又比较多。

妻子怀孕后，肚子渐渐大了起来，别说做饭，即使是行动也显得非常不方便，我就尽量提前下班回家做饭给她吃。有些时候在厨房里，看着燃起的火苗和冒着些许油烟的炒锅，我心里忽然一阵阵地烦躁，自己也说不出个理由，许是嫉妒吧。

刚开始一天两天还可以忍受，一周后，实在耐不住这样的烦躁，我呼啦啦地跑到客厅，对妻子说，陪我一起啊？！

妻子静静地看着我，一声不吭。

忽然间，我有点后悔了，自己干吗这么小气呢？一直都是她在做饭给我吃，我都吃了那么久；而我，只不过才做了一个星期的饭而已，况且她又是孕妇……

我不再说话，安静地回到厨房炒着菜。忽然间，感觉到身后站了一个人，一看，妻子正龇着可爱的小虎牙对着我笑。

谢谢你站在我的身边。看到她，我的心里涌上一阵阵暖意。

有一天，我和妻子坐车回家，路途上实在太无聊了，手机在掌心里被翻来覆去地摆弄着。我忽然翻到了万年历，12月12日。

“考考你，历史上的今天是什么日子？”妻子调侃道，“记得当年中考历史满分70分，你考了69分，看看你是不是真的有才。”

“这还不简单。第一个，就是‘西安事变’。1936年的12月12日，张学良和杨虎城扣留了当时任职国民政府军事委员会委员长的蒋介石，目的是逼蒋‘停止剿共，改组政府，出兵抗日’。西安事变最终以蒋介石被迫接受停止剿共一致抗日的主张，西安事变和平解决。”

“还有呢？”

“1821年12月12日，法国作家福楼拜诞辰。1964年12月12日。肯尼亚共和国成立；1994年12月12日，上海地铁一号线开通；1997年12月12日，欧盟开始东扩进程；2002年12月12日，我国完成世界首张水稻基因组精细图。怎么样？”我得意地看着老婆，说道。

“不错不错，历史的确学得比较扎实。可你忘记了59年前的今天。”

“59年前的今天怎么了？”我挖空了脑袋，也想不出还有什么具有历史意义的重大事件。

“59年前的今天，你的妈妈，也就是我的婆婆出生了。”

“啊！”我愕然。

忽然想起来，妻子自从怀孕后，就喜欢往家里跑，喜欢和爸爸妈妈在一起。人家都说不做爹妈不知道心疼父母，果真如此。

车里离家越来越近了，我紧紧地攥住了妻子的手。

原载于《池州日报》

男人的软肋

文|朱国勇

这是江南，一湾碧水，三五桃花。而她，袅袅婷婷，立在桃树下。一阵风来，花飞如蝶，光看着，他便醉了三分。她明眸一闪，一笑嫣然，他已失了魂魄。

他正当壮年，事业有成，她双十年华，容颜姣好。相爱，是很自然的事。

从江南归来，他在闹市购了一套新房来安顿她。她也乖巧，变着法儿逗他开心。在她的滋养下，他春风满面，觉得这人生没白过。

半年后，她时不时地开始忧郁。终于，半夜里，她蜷在他怀里嘤嘤哭出声来，说我一清白女子，这样不明不白地跟了你，算什么？他一阵默然，是啊，这样不清不楚的，真难为她了。但是，离婚两个字，他说不出口，妻子识他于贫贱之时，创业时，两人睡桥洞、摆地摊，没少受苦。

好在，第二天醒来，她又细心地为他做早点，系领带。他一颗悬着的心，才放了下来。

从那以后，他开始变着法儿讨她欢心，她也常常幸福得面如桃花。可是，一天夜里，他又听到她压抑的哭泣声，用手一抚，她满脸冰凉的泪。拉开灯，她两只眼睛红红的，像两只桃子。他心里又是愧疚又是惶恐。

回到家里，他跟妻子摊牌，说他只要自由之身，什么条件都能答应。

妻子静静听完，默然无语。完了，只丢下一句话，很晚了，休息吧。整整一夜，他没有合眼。

第二天，妻子该上班上班，该做饭做饭，沉默得让他忐忑。

傍晚时分，他最要好的同学寻上门来，他很意外。老同学擂了他一拳，说你小子又发福了。

两杯酒下肚，同学扯开衬衫，袒着肚皮开始感慨：长肚子啦！肌肉也松弛了，瞧这赘肉……是啊，他应着。同学又问他，当年一班男同学中，你算得上帅哥吗？他想了想，说，不算。

同学眼睛一瞪，直直盯着他，那你说人家20岁的大姑娘凭什么看上你这40多岁的老男人？

他一愣！

老同学连珠炮似的追问：要是你破产了，又生病躺在医院里，谁会节衣缩食给你送饭？是你老婆，还是那丫头？

他茫然了，连同学什么时候走的都不知道。

几天后，他送给她一大笔钱，说，分了吧。她哭得好不凄楚。向晚的风中，她显得单薄而无依。

晚上，他躺在妻子的身边，睡得很踏实，鼾打得很响亮。

原载于《皖江晚报》

没空说“想你”，而是直接去找你

文|罗西

在微博里写一条心情：最古典的浪漫是我连夜跑去见你，快马加鞭，抵达的时候刚好天亮，下雪了，而你正喂马，准备去找我……

而今生，当下，我不会浪漫了；只是浪费着，浪费着大把的时光“想你”。

“想你”只是想想，真的爱了，没空说“想你”，而是直接去找你。

来点真的，来点实际的。

爱不是不控制，而是控制不住。

若干年前，男孩夏打电话给女孩秋，两人聊天到午夜，他突然说：“我想见你。”她说：“好呀，那你来陪我吃早饭。”一句玩笑话，他当真了。第二天一早他给她打电话：“我在你楼下。”微雨，她撑伞下楼，他站在车旁，头发湿了。她问他为什么不在车里等。“怕你找不到我。”他咧嘴一笑。那一瞬间，她即心生嫁给他的想法。

很多时候，我们只是想想，那都不是真正的浪漫，不是深爱，甚至不是真爱。

爱是近在眼前。诗人顾城写道：草在结它的种子，风在摇它的叶子。我们站着，不说话，就十分美好。

爱是翻山越岭，想想的，说说的，如同泡影。

想起一件事，他对她说：因为有你，我都无法恋爱，因为你就像一座高峰摆在那里。就这样他与她分别在两个城市等待，蹉跎。

两年后，她说，咱们一起去旅行一周，看看是不是真的爱到不行。最后，他给她的回复居然是："我请不了假。但是周末两天，我可以陪你。"

她毅然与他断了联系。若爱，连时间都不给，还能给什么？曾经他把她画在墙上，原来只是叶公好龙。他要么没有爱的能力，要么还没有足够爱她。

爱是情不自禁。一个小孩说，爱情就是从欲望开始的。似乎也对。因为爱，所以恨不得马上开始。画云，不如画你；画你，不如拥你；拥你，不如爱你。

别等到太阳都落下了，才发现花也凋谢了。经不起等待的，是年华和爱。

再不相爱就晚了。再不相爱就老了。

华丽的辞藻只给未爱时，珍惜的情怀只给爱过后。而爱着时，只有争分夺秒地在一起，如火如荼地做着爱做的事情，一起燃烧。唯有燃烧，才对得起爱，才不辜负爱。

很久以前，有一个预言家被心爱的女人捆绑起来，预言家临死前，那女人得意地说："什么预言家，你算得出全世界，却算不出自己的命。"预言家无比心疼地笑道："在见到你的那一刻，我就已经知道这结局，只是在那一瞬间，我决定原谅你。"爱情是赴汤蹈火，是破釜沉舟，是不计后果，是去了，是来了，是面对，是承担……

最美的不是下雨天，而是曾与你一起躲过雨的那个下雨天。

原载于《深圳青年》

剪不掉的爱情

文|姜钦峰

谢晋导演一生拍过几十部电影，大都成为经典，《红色娘子军》就是其中的代表作。鲜为人知的是，当年这部经典虽然成就了谢导，却也给他留下了终生遗憾。

20世纪50年代末，为庆祝中华人民共和国成立10周年，作家梁信创作了电影剧本《红色娘子军》。但是起初并不顺利，剧本送到好几家电影厂都被退回，理由都差不多，战争写得太残酷，有“修正主义”嫌疑。几经周折，这部剧本又送到了谢晋手中。谢导看过之后，觉得故事很有传奇性，尤其喜爱剧中的人物个性，于是决定接拍。

不久，电影拍摄完成，上映后大受好评。该片不仅囊括了首届电影“百花奖”四项大奖，同时也成为红色经典。热情泼辣的吴琼花、英俊沉稳的洪常青，都成了那个时代的集体记忆。观众记住了这两个年轻的战士，并为他们纯洁的革命友谊深深打动。

可是很少人知道，我们看到的电影情节与谢导的本意并不相同，按照剧情安排，吴琼花和洪常青本来会有一段美丽的爱情。电影拍摄完成，最后审查时，却有人提出要删掉爱情部分，认为谈情说爱有损革命者的光辉形象。谢晋当然不同意，多次据理力争，最后却不得不服从上级决定。万般无奈，他只好忍痛割爱，把电影中最精华的爱情部分剪掉了。

此事成了谢晋终生的遗憾。即使半个世纪过去，他依旧对此耿耿于怀，每次提起总是痛心疾首。如果爱情不被剪掉，这部经典无疑将会更加完美。然而，颇具戏剧性的是，爱情被剪掉了，爱的眼神却被意外保留下来。

看过这部电影的人或许还记得，片中有一个男女主角单独对话的镜头，吴琼花笑着对洪常青说："你知道那个时候，我对你又恨又怀疑，可真有意思。"很平常的对话，听起来并无特殊。实际上，原来的台词并非如此，当初拍摄这个镜头时，剧情本来是吴琼花向洪常青吐露真情，演员是按照爱情戏来演的，而且表演非常到位，传神入微。细心的观众也许早就发现，吴琼花当时面露羞涩，眼中暗藏秋波，柔情似水。没想到电影拍完了，却要删掉爱情戏，又没办法补拍镜头，谢晋只好用旧瓶装新酒，给这段画面重新配音。对白换了，人物的内心世界却无法改变，眼神还是那个眼神，爱的光芒依然闪烁。

剪不掉的爱情，仿佛是冥冥中的安排。当爱情被删除，生活却以一种冷峻的幽默方式还原了本来色彩。人性的美好，其实是一粒种子，你可以把它埋进土里，却不能阻挡它破土发芽。

原载于《思维与智慧》

假如时间停止一小时

文|姜钦峰

假如有一天，时间突然停止一个小时，天上的飞机、地上的汽车、鱼缸里的鱼……统统原地不动，就像科幻电影中的画面一样，总之一切都停止了，全世界只有你可以行动自如，为所欲为。而且在这一个小时之内，法律自动失效，请问你会选择做什么？

无意中在网上看到帖子，只扫了一眼，我的目光再也挪不开了，仿佛被高手点了穴道。不知此人从哪来的灵感，只三言两语，就把每个人深埋在心底最敏感的那根神经一下子撩拨起来，顿时引来跟帖无数。与其说是想象力大比拼，倒更像是一场人性大检阅：

我想犯罪！

时间太短，哪儿都不去了，立马赶到最近的银行。

一个小时之后呢，会不会秋后算账？

去彩票管理中心，把开奖号码改成我买的那个。

去麦当劳，不用买套餐就可以把玩具拿齐一套。

毫不犹豫地冲进菜场去抢把青菜。

去图书馆拿一套宋版书。

……

答案五花八门、千奇百怪，活脱脱的众生相。一路读下来，不仅大大满足了人们的私欲，还让人忍俊不禁。诸如此类，大都一笑而过，唯独一个答案，却怎么也无法从我的记忆中擦去：“我想去亲一下他，告诉他，我爱他！”

该是个文静的女孩吧。假如时间真的能够定格，时间如此宝贵，机会千载难逢，想必只要是思维正常的人都会去做自己认为最重要的事情。很显然，爱情，是她生命中的最重要的事情——他却不知道。

我仿佛能看见她眼中的忧郁，思绪已被牵引。女孩那么爱他，为什么不当面告诉他？即使不能见面，还有电话、短信、邮件……通信如此方便快捷，她的爱，总能用一种方式让他知道。距离显然不是问题，纵使万水千山，也无法阻隔爱的讯号。如此想来，合理的解释只有一种——她从来就不想让他知道她爱着他。

或许她已嫁，或许他已娶，抑或是有其他不得已的苦衷。“君生我未生，我生君已老”，“还君明珠双泪垂，恨不相逢未嫁时”，世间所有错过的爱情，总是引人无限遐思，倍觉感伤。现实的问题是，当缘分已注定成空，爱还要不要说出口？她选择了沉默，一个人悄悄地爱，那么执着，无声无息，却又轰轰烈烈。冰雪聪明的女孩，纵使相思成灾，也要把爱藏在心底。

有人说，世界上最远的距离，不是天涯海角，而是我在你面前，你却不知道我爱你。可是，有些爱一旦说出口，就失去了。把爱倒进心里面，当岁月慢慢沉淀，那些珍藏在心灵深处的感动，终会化作一朵最美的花儿，绽放成地老天荒！

原载于《广州日报》

爱不用喊

文|罗西

洗净你的耳朵，靠近爱的嘴唇。

又忘记了买柠檬！王帅一进家门，一闻到硝烟的味道，立即就清醒过来，心里咯噔一下，知道又有苦头吃了；早上走的时候，明明老婆还用一根指头点着自己的额头交代着："今天一定要记得买！"王帅有点恨自己仿佛进了水的脑袋了。

柠檬是他们家的至爱，恋爱的时候，他最常买的礼物就是它，因为那是她最喜欢的水果；现在居家过日子，更是离不开它，每天用量为三个，两个是给太太贴脸美容用的，一个是切片泡在水里，制成一家三口的共同饮料……说时迟那时快，太太已经居高临下地站在面前了："怎么又忘记了？"正蹲在地上吃力地把左脚从皮鞋里拔出来的王帅，赶紧说："对不起！"

"对不起有什么用？你一定是有什么二心，要不怎么总魂不守舍心不在焉？"

丈夫理亏，没有再辩解，确实是自己工作太忙，回家又不可以迟到，一急，就再次把柠檬给忘了。"忘了柠檬就是忘了我！"太太越说越气，越气越胡思乱想。于是又借题发挥说：想当初，新婚，一到家门口就兴高采烈地大喊："老婆，我回来了！"慢慢地，就省略了"老婆"二字，改为无精打采的"我回来了"，再后来更简单了，只有三个字"回来了"，以后是不是就不回来了？

王帅已经这样忍受了好几年了，趁今天儿子不在家，于是就站起来反驳道："你可不可以讲点道理？这么凶，谁敢回来？"于是，一场狂风暴雨席卷开来。

终于，他们都累了。在各自的位置上回放刚才对方的种种恶言、怨言。王帅说，其实，太太也在变，恋爱时，她是温柔的，他抽烟，她就撒娇地把烟抢过来说："要死一起死！"然后猛吸几口，结果被呛得大咳起来，几次下来，王帅就不好意思了，于是下定决心戒烟，女友用和风细雨改变了自己。可是，婚后，她就放弃了这个温柔武器，改为狂风暴雨。

想到这个有趣的联想，王帅忍不住就笑了。一看丈夫笑场了，太太也觉得该退兵了，便转身去冰箱里拿冷饮，她喜欢这些冰凉的东西。很久很久以前，她和他到外面找了一间冷饮店坐下，他掏出身上所有的零钱凑在一块为她买了一盒冰激凌。就一盒冰激凌，是最贵的那种。她很感动，于是动了真感情。那是个阳光灿烂的日子，她问他吃吗。他说："看着你吃就好。"王帅在咽口水。于是，她用那精致的小勺盛起一勺向他的嘴送去。他眯着眼睛含笑接受，当时她拿着小勺的手在剧烈地颤抖着，这是她第一次给他喂东西吃，两眼里充满了柔情……

因为对现实的不满，所以沉湎于回忆？当她这样想着，又开始警觉、不安起来。

不知什么时候他也消气了，把身体靠过来："先吃点咸稀粥吧。"丈夫有一手好厨艺，而且做饭速度很快。看着递过来的汤匙以及丈夫讨好期待的眼神，她就乖乖地把冷饮交给丈夫，王帅习惯性地喝了一口，才把它扔到垃圾桶里。

月亮出来了，阳台上，他们抬头看着天空，时光好像回到了从前。就这样，他们的声音越来越低。是因为夜越来越深，还是因为他们的身体越靠越近？过去喜欢提问的她又恢复到身为小姑娘时候的语气："老公，你说为什么人一生气，说话喜欢用喊的？"太太也开始反思自己昔日的野蛮。

王帅几乎是咬着她雪白的耳朵略有所思地分析说，当两个人在生气的时候，心的距离是很远的，而为了掩盖当中的距离使对方能够听见，于是必须用喊的；但是在喊的同时人会更生气，更生气距离就更远，距离更远就又要喊更大声……如此恶性循环下去，心就越离越远。所以相恋中的两个人通常是耳语式的说话，甚至只用眼神就可以传情。

"一夜无话"，这是多么美丽宁静的一种状态。这对经常喊着对方名字然后大声吵架的冤家，终于安静下来了，他们的心又重叠了。无语，却自在、陶醉。曾经他们只习惯互相张望或者瞭望对方的心，于是需要通过喊来确认距离；其实，他们的心早已经交缠在一起了而不自知。当事人却还习惯性地举目寻找，结果看不到对方的心也看不到自己的心，于是失去安全感，于是质问、吵架、喊叫……经过这个月夜的温柔谈心，他们才发现心就在这里，在彼此没有距离的情况下，最好的爱的语言，就是贴身的细语、会心的眼神。爱，是不用喊的。

原载于《爱人》

被误解的爱情

文|姜钦峰

男人原是城里的知识青年，下放到农村，后来与村支书的女儿相恋。婚后的小日子过得幸福平静，男人有见识，人又勤快，把女人当成宝贝疼着。然而，就在婚后第二年，宁静的生活忽然被搅乱了。国家宣布恢复高考，男人不甘心一辈子窝在农村，心中熄灭已久的梦想又被重新点燃。他心情振奋、满怀期待，准备参加高考，没想到，却遭到所有亲戚的坚决反对，老丈人干脆劝他死了这条心。理由虽然没有挑明，其实大家都心照不宣，怕他飞黄腾达之后做陈世美。

男人的一切都是老丈人给的，他势单力孤，根本无力反抗，也无法表明清白，无奈只好死心。就在这时，女人却站出来坚决支持他，义无反顾，甚至不惜与父母闹翻。女大不由父，老支书长叹一声，只好屈服。

男人感激女人的理解，拼了命地用功，果然考上了大学。他进城读书，一走就是好几年，只留下女人独自在家操持家务、种地喂猪、照料孩子。虽然辛苦，女人却毫无怨言，在信中总是嘱咐男人专心读书，说家里有自己撑着。哪知天有不测风云，两年后，她忽然得了一场怪病，下肢瘫痪。亲戚们无不摇头叹息，闺女，你傻啊，当初不该把男人放走，如今只怕……

说的不是没道理，在那个年月，大学生是天之骄子。转瞬的工夫，夫妻俩已成天上地下，仿佛隔着浩瀚无边的银河，无法逾越。女人虽成日以泪洗面，却依然无怨无悔，说，他是我的男人，我不能害他啊，只要他过得好就行了。那时男人大学还没毕业，回家的次数却越来越少了，当初人们的担心似乎正在得到验证。

男人终于毕业分配了工作，为了分到房子，他放弃了留在大城市的机会，选择了留在小城。出乎意料的是，他马上把妻儿接到了城里。男人的事业顺风顺水，很快得到提拔，官越做越大。除了公务应酬之外，他把所有的业余时间都花在了家里，悉心照料瘫痪的妻子，几十年如一日，连保姆都不肯请——不是请不起，是他不放心。

这对夫妇就在我们的小城。他们的事迹被刊登上了报纸，还配了大幅的照片，在小城传为美谈。人们对此啧啧赞叹，无不心生敬佩。认识他的人，只要提起他，无不竖起大拇指，都说他知恩图报，是个有情有义的大男人。

后来，我见过这对夫妇，是在公园的一次偶遇。那时，男人已经退居二线，两鬓染霜，他用轮椅推着老伴儿出来散步，两人有说有笑。我一眼就认出了他们，赶紧跑过去打招呼："大叔，我认识您，在报上看过您的事迹，很感动！"他微微怔住，然后和蔼地笑了："年轻人，天下有那么多夫妻都和和美美的，你为什么不感动？"问得突然，我刚想说出"报恩"二字，忽然感觉不妥，支吾了半天，只好含糊道："您跟别人有所不同。"他仿佛看穿了我的心思，回头看了看老伴儿，然后冲我轻轻地摇头，喃喃自语道："你们都错了，其实我对她的依赖，远远超出了她对我的需要。"

这句话，我铭记在心里，再也无法从记忆中抹去。一份纯真的爱情，在世俗的眼光下，却变成了报恩，变成了一桩交易。仿佛投资就有回报，欠债就得还钱。原来我们都错了，在这个世上，还有多少爱情被我们误解？

原载于《青年文摘》

感恩节的那束野百合

文|冯有才

在这样漆黑的夜晚，琼斯太太总是会被一阵阵寒意侵袭，然后醒来。火炉里零星的火花还在跳动，就像苟延残喘的人，仿佛断气前的挣扎。

收音机里每天都有不断传来的好消息，报纸上也经常大篇幅报道着。对于美利坚合众国的每一个公民而言，这些报道都是对珍珠港事件的一次次慰藉。数千美国大兵的死，唤醒的不只是美国人的仇恨，还有决心。

琼斯先生出发的时候，正好是阳光明媚的春天。夏威夷群岛每年的二月和三月是最冷的时候。在那个最冷的季节，她和丈夫道格拉斯·琼斯在美军基地的家属小屋里，喝着咖啡。

1942年4月18日，在夏威夷美军基地詹姆斯·杜立特中校的率领下，由16架B-25轰炸机组成的空袭部队，从“大黄蜂”号航母上起飞。她的丈夫道格拉斯·琼斯在执行任务的人员名单里，去执行高度机密的军事任务。对此，道格拉斯·琼斯在吻别琼斯太太的时候，只是一笑带过，他不想让爱妻担忧。可是，从他出发的那一刻起就已经知道，这次任务绝对不会那么顺利。

因为担心被日军提前发现，所以他们提前逆风起飞了。过长的路线，让挂满炸弹的轰炸机变得十分耗油。总之，汽油就根本不够回程的。

出发时间是在深夜一点，那个深夜，琼斯太太没有上床，她一直在军事基地的家属小屋里，静静地等候消息。

8个小时候后，出发的16架飞机全部没有音信了。它们，或者被击落，或者迫降到某个地方，其中就包括道格拉斯·琼斯的那架飞机。

听到这个消息，琼斯太太不知道自己是怎么回家的。唯一让她安慰的就是，在不久后公布的被俘者与伤亡者名单里，没有出现丈夫的名字。

琼斯太太一直在努力尝试着寻找自己的丈夫，可是一无所获。三个月后，当其他遗失的飞机残骸被陆陆续续发现的时候，依旧没有道格拉斯·琼斯的消息。

军事基地的军舰和飞机还是那么频繁地出发，然后返航，士兵中也会偶尔有旧面孔消失。沙滩上的人们依旧那么开心，仿佛忘却了战争的痛楚。只有琼斯太太，她孤独的背影和着夕阳、浪潮，成为带队军官詹姆斯·杜立特中校心头的一抹痛。

每周给琼斯太太送咪达唑仑（安定）的时候，琼斯太太都会礼貌地向詹姆斯·杜立特问上一句：中校先生，我的丈夫道格拉斯·琼斯有消息了吗？

五个月后的一天，也就是在当年的九月份，琼斯太太收到了詹姆斯·杜立特中校送给她的特殊礼物——一份1942年5月出版的《晋察冀日报》。其中就有这么一条新闻：我军边区医院积极救助轰炸日本的美军飞行员。

收到礼物，琼斯太太笑出了眼泪。随后她把杜立特中校送来的咪达唑仑扔进了火炉。

从这一天起，琼斯太太要学会做一个坚强的人，一个充满微笑的人，安静地等待丈夫的归来。

感恩节的前一天，杜立特中校突然来到了琼斯太太的小屋。

他衣着军装，很严肃地递给了琼斯太太一个简陋的木质盒子。对于士兵家属而言，这个盒子意味着不幸和痛苦。

“这是我们从中国带回来的。是你丈夫道格拉斯·琼斯的，他是一个勇敢的人，一个合格的美军士兵！”

琼斯太太哆哆嗦嗦地打开了盒子。映入眼帘的，是一束玫瑰花，还有一张便笺。

亲爱的宝贝：

我会跟随明天下午六点钟的飞机到达基地，准时到家吻你。

另，感恩节快乐！

道格拉斯·琼斯于中国23/11/1942

原载于《故事家》

爱到最后一分钟

文|尹玉生

这年的春天，28岁的麦金莱终于迎娶了美丽的姑娘艾达·萨克斯顿。

他们的相识极具戏剧性。10年前，麦金莱随家人一起到坎顿度假。在一个风和日丽的下午，他陪父亲前去拜访多年未见的老朋友——银行家萨克斯顿。在他的家中，麦金莱见到了银行家的女儿艾达。艾达身材窈窕，有着深褐色的头发，紫蓝色眼睛，秀美可爱。麦金莱一下子就被这位楚楚动人的姑娘迷住了。艾达虽说身边已有许多年轻英俊的追求者，但在举止端庄、精明干练的小个子麦金莱深邃、睿智的眼神中，艾达读到了善良和深情。她断定，这位年轻人就是值得她托付一生的男人。

婚后的日子是幸福的。艾达以她特有的聪明和善良精心打点着温馨、浪漫的小家。宝贝女儿凯瑟琳的到来，更为他们的生活增添了乐趣。两年后，又一位小天使艾达来到他们中间。被幸福紧紧包围的麦金莱事业上也取得了进步，他在大资本家马库斯·金·汉纳的扶植下，开始在政界崭露头角。

天有不测风云，可爱的小女儿艾达因体弱多病，在半岁时不治夭折。小女儿的早逝，给这个原本幸福的家罩上了一层浓浓的阴云。柔弱的艾达无法承受巨大的痛苦，终日以泪洗面。看着艾达痛苦不堪的面容，麦金莱强忍心中的悲伤，想尽办法宽慰、疼爱着她，努力减轻艾达的痛苦。他们逐渐从往日的哀伤中走了出来，将他们的全部心血倾注在抚养、培育大女儿凯瑟琳身上。不幸又一次降临这个家庭，天真活泼的凯瑟琳因伤寒在三岁半时离他们而去。两次痛失爱女，这人世间最残酷的事情，终是将脆弱的艾达击垮了。她的精神几乎失常，患上了偶发性癫痫病。这段时间，是麦金莱一生中最难挨的日子，再次失去爱女，使他悲痛欲绝；政治对手对他的有意压制和恶意攻击，使他烦躁不安；更让他揪心的是，妻子艾达日益变坏的脾气和病态的精神。眼前憔悴、萎靡、失去光泽的女人与之前美丽、开朗的艾达相比，简直判若两人。麦金莱心如刀割。他发誓要加倍疼爱艾达，使她尽快好起来。

随后，麦金莱在政途上一帆风顺，先是当选俄亥俄州选区的议员，接着，又当选众议院拨款委员会主席，因这个委员会发挥着财政立法的作用，麦金莱成了一个闻名全国的人物。他愈加发奋地工作，高效率地处理繁忙的事务，以便腾出更多时间来照顾妻子。他默默地忍受着艾达变化无常的坏脾气，像对待孩子一样宠着她、哄着她，他的身上经常会留下艾达失去理智时咬下的齿痕和手掐的紫斑。他没有抱怨，总是不离不弃一遍又一遍地劝慰哭闹中的妻子，直到她疲倦地在他的怀中睡去。他还学会了做许多家务事，亲手为妻子做饭、洗澡、换衣服。他从刚开始的笨手笨脚变成后来竟能将妻子深褐色的长发梳理成非常漂亮的发型。在他们家的花园中，人们常常可以看到麦金莱搀扶爱妻散步的身影。可是有谁知道，这个坚强的小个子男人，也会在无人的时候悄然落泪。

这天，麦金莱在国会上就关税问题同民主党进行了激烈的辩论，由于会上发生了争执，会议结束很晚。当时，天色剧变，电闪雷鸣，顷刻间，大雨倾盆而下。会务组为每位议员提供了精美的消夜食品，他没有留下来，饥肠辘辘地一头钻进瓢泼大雨中。道路泥泞不堪，他一步一趔趄，艰难地往家赶，他要回到妻子艾达的身边。他没忘记，今天是他和艾达的结婚纪念日。他要亲手为艾达穿上几日前就精心挑选好的宝石蓝衣裙。

经过麦金莱多年悉心照顾，艾达的病略有好转。他的事业也如日中天。1891年，麦金莱当选为俄亥俄州州长候选人；1897年，威廉·麦金莱就任美国第25任总统。在他任州长和总统期间，他一直保持着一个习惯，始终尽自己做丈夫的本分去关心体贴妻子。为了能让有病的妻子参加社交活动，自己又能随时照顾她，他竟打破传统，坚决要求在宴会上让爱妻坐在自己的身边，而不是坐在餐桌的另一端。每当艾达在社交场合癫痫病突然发作时，麦金莱总是连忙用手绢或餐巾盖在她脸上，不让别人看到妻子扭曲的脸，待病情稍微稳定后，就马上把妻子抱进就近的房间，温言抚慰，过后又将妻子带回来，继续做刚才正在做的事情，好像什么事都没有发生过一样。恢复正常的艾达总是会在不经意间流露出幸福平和的笑容。

1901年9月的某一天，麦金莱吻别妻子，前去参加博览会，在欢迎队列中，他看到一位美丽可爱的小女孩，不禁想起他的两个天使般的女儿，瞬间，总统的眼中有泪花闪动。他很快调整了一下情绪，弯下腰，将别在自己扣眼上的红色康乃馨送给了小女孩，就在这个时候，令世人震惊的事情发生了。随着两声枪响，麦金莱总统倒在了血泊之中。在送往医院的路上，麦金莱喘着气，以微弱的声音留下了他在这个世界的最后一句话："我的妻子，你们告诉她的时候，要谨慎婉转——啊，一定要谨慎婉转！"

麦金莱在生命的最后一刻，依然满心满怀地牵念着他的艾达。对爱妻充满无限关爱的这句话，感动了所有在场的人，感动了他的政敌，也感动了所有知道这个故事的人。

原载于《讽刺与幽默》

悲怆的歌声

文|沈岳明

数年前，我居住在一栋旧楼里，因为新楼还没有完工，所以这栋即将拆除的旧楼里还是住了不少人。由于害怕房子倒塌，有的人住进了儿女家，有的人住到了亲戚处，没条件的便只能继续住在旧楼里，等新楼完工后再搬走。那些搬走的人，因为觉得自己的房子空着可惜，便廉价租了出去。住在这里的人们每天晚上睡觉时都不会睡得太死，想着如果房子倒塌，得想法子逃生。所以晚上如果有个风吹草动，人们的神经便立即紧绷了起来。

怕什么偏来什么。一天晚上，我突然被一种奇怪的声音吵醒。“房子要倒塌了！”有人喊。顿时整栋楼里的人乱成了一锅粥。当人们终于静下心来听时，才发现那声音来自一楼的一家租户。像是有人在唱歌，那是一种严重走调的歌声，在寂静的夜里显得十分刺耳。也许是旧楼给了人们某种心理暗示，总感觉那声音就像楼房倒塌时水泥板和木材的断裂声。

有人敲响了一楼的门。敲门声将那歌声打断了，一个40多岁的男人将门打开后，连声向来人道歉，并表示再也不会这样了。果然一连安静了好几天，可是，不久，那歌声又在半夜里突然响了起来。人们再次乱成了一锅粥，等弄清楚又是来自一楼的歌声时，终于群情激愤了。这样下去还让不让人活呀！如果那男人不是故意捣乱害得大家晚上睡不安稳，就是有病，不管是哪种情况，都得马上报警。

在警察的帮助下，大家拥进了一楼的租户家。那是一间由车库改成的小房子，由于在底层，显得潮湿而阴暗。房间里的陈设也非常简陋，除了一张床外，别无他物。一个40多岁的汉子局促不安地站在门口对着大家赔不是。床上躺着一个和他差不多大的女人，那是他的妻子。就在警察准备问话的时候，汉子的妻子突然从床上跳到了地上，并大喊大叫了起来，同时还手舞足蹈地要拿东西砸人。

警察见状准备冲上去制止，却被汉子叫住了。汉子说只有一个办法能控制住他妻子的情绪。接着汉子唱起了歌，正是那种让我们在半夜里惊醒的歌声。令人奇怪的是，汉子的妻子竟然在那刺耳的歌声中慢慢地安静了下来。汉子说，他的妻子在一场车祸中失去了记忆，甚至连他也不认识了，她唯一能够分辨的就是他的歌声，那是他们相识时，他给她唱的一首歌。汉子说，为了妻子的病，他去过很多地方，一边拾破烂一边给她治病。

但是，很多人都无法忍受他的歌声，其实他自己也知道，自己的歌唱得难听，可他的妻子却很喜欢，以前喜欢，现在竟然只能从歌声里识别他。因为害怕吵着别人，他带着妻子不停地搬家，但依旧有许多人受不了他的歌声。于是，他只能忍着不唱。可是，他的妻子如果听不到他的歌声，情绪便会失控，看着她痛苦的样子，他的心就像刀割一样疼。今天晚上不巧他的妻子又犯病了，于是他忍不住又唱起了歌。最后，汉子哽咽着说，他现在唯一的愿望就是找个没人的地方，好好地为他的妻子唱一首歌。

所有人都沉默着。只有汉子的歌声在小小的房间里回荡。而我们发现，听到他歌声的妻子，突然间就像一位少女般羞涩起来，她甜甜地笑着慢慢地进入了梦乡。

数年后的今天，许多的人和事我都不记得了。唯有那个汉子的歌声和他妻子少女般羞涩的脸颊，让我难以忘怀。尘世间，印刻在我们心灵深处的，不是富贵贫穷、荣耀卑微，而是爱。也许那只不过是一首让别人听来头疼的跑调的歌，对她来说，却是生命的全部。

原载于《石狮日报》

爱过已好

文|姜钦峰

1998年，在庆祝香港回归一周年晚会上，沈殿霞与曾志伟对唱《心太软》：“你总是心太软，心太软，把所有问题都自己扛，相爱总是简单相处太难，不是你的就别再勉强……”两人以极致的搞笑方式，将这首伤心情歌演绎得妙趣横生，现场气氛被推向高潮。

唱至中途，曾志伟突然发问：“肥姐，你好！我想问你一个问题，到底你是不是心那么软呢？”沈殿霞不知是计，接过话茬儿，用手指着曾志伟，笑容灿烂地说：“哦，对好人我的心就很软，对坏人我的心就很硬。”曾志伟顿做无辜状，满脸坏笑：“请你说坏人时不要指着我，你该指着姓郑的那个人……”“乱讲啦！”曾志伟话未说完，后脑勺就挨了一掌，吓得赶紧闭嘴。沈殿霞又迅速扯开话题：“我跟你说，刚才你差点迟到啊！”曾志伟傻傻地摸着后脑勺，只顾点头，再不敢胡言乱语，知道玩笑开过火了。

沈殿霞不愧是香港金牌主持，此次节外生枝被她巧妙地遮掩过去。但了解情况的观众都明白，“姓郑的”指的是郑少秋，那时，沈殿霞与郑少秋离婚已10年。曾志伟与沈殿霞是多年至交，所以才敢拿她当众开涮，本想活跃气氛，哪曾料想，10年过去，沈殿霞竟还未走出情变之痛，无法坦然面对。

20世纪70年代，沈殿霞就已红透香港，而当时的郑少秋仍名不见经传，并且刚刚遭受了失恋的打击。在安慰郑少秋的过程中，两人擦出爱的火花，并被香港媒体称为“一对男貌女才的恋人”。1987年，沈殿霞与郑少秋结婚后，在加拿大冒着生命危险生下女儿，正当她还沉浸在初为人母的喜悦之中时，却传出丈夫情变的消息。当时沈殿霞还没有坐满月子，顿觉天塌地陷，伤心欲绝，终日以泪洗面，眼睛从此老视，连报纸都看不清。产后抑郁又导致严重脱发，后来她不得不戴上假发，致命的打击几乎把她推到了崩溃的边缘。

沈殿霞最终选择了放手，仅维持了几年的婚姻宣告解体。或许正应了那首歌，“相爱总是简单相处太难”，十多年感情，一朝化为乌有，有情人终成陌路。她和郑少秋的婚变注定要成为媒体的焦点，压力之大，可想而知。刚离婚的那段日子，家人对她放心不下，轮流从加拿大飞到香港，日夜陪伴她。有时，她开车在街上等红灯时，好心的观众会过来安慰她：“肥姐，你要坚强，好好照顾女儿！”她的眼眶瞬间溢满泪水。

爱已成往事，事业还得继续。每天面对观众时，沈殿霞还得强颜欢笑，后来有朋友告诉她：“阿肥，最近你的笑容好假哦。”她只能苦涩一笑。电视台为了照顾她的感受，每次做节目时，从不安排她与郑少秋在同一场合出现。

为了忘掉伤痛，沈殿霞从原先住的广播道搬到了清水湾。她原谅了所有人，包括前夫和其现任妻子，并劝说女儿不要恨爸爸。总以为，时间是一剂良药，可以治愈一切，然而10年过去，沈殿霞心底的疮瘢依旧，她无法解开心结，始终过不了自己这关。以至于，在香港回归一周年晚会上，聪明绝顶的曾志伟也做了一回冒失鬼，险些弄巧成拙。

到底是什么，如此刻骨铭心，令她永远不能释怀？

直到几年之后，谜底终于揭开。沈殿霞在TVB（电视广播有限公司）主持的谈话节目《掌声的背后》开播，首期嘉宾竟是郑少秋，两人相对而坐。节目尾声，沈殿霞忽然话锋一转，提到私人话题："实际上我们做了十几年的夫妻，我知道你处处将事业放在第一位，但是有个问号始终埋在我的心底，今天我想借这个机会问你一句话，你只要回答'是'或'不是'就行了。"郑少秋含笑点头，示意可以发问。她的脸色忽然凝重了，语速变缓："在这十几年里，你有没有真真正正地爱过我？"郑少秋不假思索，脱口而出："我真的好爱你！"笑靥如花，烟消云散，尘埃落定。

沈殿霞终于走出阴霾，与往事彻底诀别。谁能想到，十几年时光流逝，让她始终无法释怀的，只是那六个字的答案。相逢一笑泯恩仇，爱过已好！

原载于《意林》

把日子过成自己想要的样子

文|路勇

十几年前，我们聚在一个全国性撰稿论坛，有事没事就发发帖、灌灌水或者看帖打发时间。蔷薇是个大家都喜欢的女孩子，给我们带来许多欢乐，她的口头禅便是“把日子过成自己想要的样子”。

大冰文采飞扬，每次分享的文章都收获喝彩声一片，那些文章还发表在许多重要的报刊上。渐渐地，大冰在论坛里人气越来越高，许多网友甚至成了他的粉丝。最开始，蔷薇总爱回大冰的帖，大冰也爱跟蔷薇互动。久了之后，蔷薇和大冰转为“地下活动”，联络得就更加紧密了。直到他们传出婚讯，我们才惊讶地发现，论坛里的第一对有情人产生了。

当时，蔷薇在北京有一份月薪过万的工作，大好的“钱”途就在眼前。说到大冰，他有一个分居长达八年的妻子，若不是为了孩子成长早就离婚了。蔷薇为了和大冰在一起，不仅辞掉了北京的好工作，还帮助大兵解决了他和前妻的那段悬而未决的婚姻。

很多人都说：“蔷薇，你这是何苦？大冰不仅比你大十几岁，而且除了会写几篇文章什么都不行，现在连房子和存款都给了前妻，你还图他什么呢？”蔷薇淡然回答：“我选择大冰，只为欣赏他的才华，那些外在的东西并不重要，靠努力都可以创造。但是爱却不一样，选择自己爱又爱自己的人，那样的日子才是我想要的。”

蔷薇和大冰过得很幸福，蔷薇用存款按揭买了房，还精心把房子进行了装修，而大冰负责每月的房贷。很快，他们有了个可爱的儿子，幸福的日子仿佛跟蜜一样甜。除了大冰的文章，蔷薇分享的有关自己的小日子的内容，也是论坛网友交口称赞的。

可是，别人的日子真的就是别人的，那些镶着金边的幸福虚无缥缈，我们很难丝丝入扣地去体味。蔷薇和大冰的儿子还在念幼儿园，他们的感情就出现了一些问题，好像并没有什么严重的争执，但是沟通的顺畅度早不及从前了。有一次，蔷薇发了帖《当日子不再是自己想要的样子……》，不过大家都还没好好看，帖子就被蔷薇秒删了。

后来，为了追求自己真正想要的日子，蔷薇带着儿子离开了大冰，做了一个独立的单身妈妈。有几次文友聚会，我们见到了蔷薇，蔷薇就像逆生长一般，越活越年轻，也越活越开朗，完全不像别的失婚的女子。有文友就说了：“蔷薇就像阳光一样明媚，永远都追着阳光跑，活出了属于自己的灿烂。”

有几年，我们完全没有蔷薇的消息，蔷薇就像失踪了一般。再得到蔷薇的消息，我们是突然通过微信联系上的，其间已有好几年的空白期。通过蔷薇发的朋友圈，不难发现她带着儿子去了遥远的澳大利亚，而且还找了一个高大英俊的老外做先生。蔷薇还发过一段话：“这里时间过得慢，一份快递要走上几天，也没有国内的大城市繁华。但是有儿子、有杰瑞、有最向往的宁静日子，我想这就是我要的全部的美好。”

没有谁的日子是一帆风顺的，只要朝着光亮那方无畏地奔跑，心里永远怀着对美好日子的向往，就总能把日子过成自己想要的样子。很多时候，并不是我们没办法抵达终点，只是我们的心总在不停摇摆，常常不经意就弄丢了初心，弄丢了最简简单单的愿景，所以这才让自己迷失和不快乐。

原载于《幸福》

因为特立独行

文|李丹崖

许多人，许多事，似乎都逃不开这样一个道理：因为特立独行，所以与众不同。

她生来就是一个与众不同的女子，凡事喜欢独处，不喜欢与人交流。闲暇时候，当别人都在侍弄玩具，她却独自留在房间里，随便写写画画，抒发一些自己的闲情。那时候，她不知道什么是文学，只知道兀自写下去。

她在少年时，家世没落，她只得做女招待、烟叶采摘工和图书管理员。她最喜欢做的是图书管理员，因为，这样有助于她的写作。她写的东西与别人不同，她喜欢写一些故乡的人和事，这些在别人看来是鸡毛蒜皮，她却敝帚自珍。

20岁，她恋爱了，为了追求真爱，她果断从学业中抽身，结了婚，且养育了四个孩子。婚后，她多半是伴随着女儿的酣眠写作的。那时候，许多人都在写长篇，认为那才是王道，她却坚信短篇小说是一把匕首，能够直击人心。

不料，正在她迎着非议和压力，潜心投入到短篇小说的创作中时，女儿早夭，这一沉重打击让她许久缓不过神来。后来，她化悲痛为力量，把精力投入女权主义运动之中，成了一个骄傲的女权主义者，为女性权益奔走呼号，并创作了相关文学作品，引起了社会各界的关注。

人们说，灵巧的人总能左右逢源。37岁时，她的第一部短篇小说集问世，且赢得了总督文学奖。她的创作终于赢得了社会认可，可是，与此同时，她的婚姻却受到重创。此刻的她已经年逾不惑，因为感情危机，她不得不和爱人分道扬镳。

没有爱情，她把亲情和文学当成了自己的手杖，依靠它们继续前行。她心境依然乐观阳光，像个天使。

四年后，她才再婚，第二任丈夫是个痛快的人，两人相爱的原因在别人看来荒诞不经。丈夫在追求她时一口气喝光了三杯烈酒，他们的爱情也如同烈酒一般。她做事总是这样让人意外，好在命运总是对她有所偏爱，不知道是个性使然，还是早已注定。

因为特立独行，所以与众不同；因为与众不同，所以命运垂青。她是艾丽斯·芒罗，2013年10月10日，她以诺贝尔文学奖向世界证明，做自己，照样可以如此精彩。艾丽斯·芒罗的超凡脱俗，她的不落窠臼，她多像是一弯明月，让那些世俗的繁星兀自“眨它们的眼睛去吧”！

原载于《长江日报》

第五章

爱，无须华丽的点缀

前世，她是一棵绛珠草，他是园丁，他天天为她浇灌甘露，她无比感动却无法以身相许，只好寄希望于来世。这一生，你用甘露赋予我仙气，来世我只能用全部的泪水报答你。

爱情就像剥洋葱一样，总有一层剥得让你流泪。

很俗很俗地爱你

文|罗西

爱以致用，比如结婚，比如舒淇与冯德伦结婚。

看见一对小情侣在吵嘴，女孩发脾气了，甩包走人，不过，没跑几步，脚步就慢下来；那男的似乎也不着急，捡起包在后面跟着……路过一个煎饼摊，男的停了下来，对着女孩大声喊：“小笨蛋，你要加几个蛋？”不远处的她愉快地回答：“俩。”

“爱”是天堂，“用”则是凡间。

冯小刚导演有句名言，大意是：追求一个女人的捷径，就是迅速把她庸俗化，比如带她去吃饭，而不是去看月亮。

用一物爱一物，这样的心理谁没有过？哪怕是一件衣服，用久了，都会有感情，甚至依赖它，坏了也舍不得扔。所以，爱的最高境界，不是只有欣赏，还要用，大胆地用，倾心地用，信任地用。用是爱的成果，是爱的落实；要不，爱就是一句空话，很美丽的空话。“爱”是明月，“用”是让人觉得你眼里有明月。

听说过这样一位护士，上晚班，下班时外面起风了，她觉得太冷，发短信撒娇让男朋友送衣服给她，男孩正看足球赛直播，拒绝了。这件事让她郁闷了两天。虽是件小事，不会影响两人的未来，但是，她说，她会记住，以后上晚班一定会带足衣服，如果哪天忘记了，即使冷死，也不会再叫他送。刚刚建立起来的对男人的依赖，对爱的依赖，顿时，遇挫，崩溃。她的情感像蒲公英，吹散了梦幻的白，其实也是一朵花的凋谢。

她这个做法，很解恨，却很不聪明。爱他，就应该用他，不要因为一次“用”途受阻，就失去“爱以致用”的勇气、信心与耐心。

爱人希望感觉到你需要他，否则，爱如摆设，就没有成就感。你越是冷处理你爱的人，越可能让爱远离你。爱有多好，用了才知道，如果爱的人都不能依赖，这个世界还有什么可以支撑的？

张爱玲生命里最汹涌的男人胡兰成，是个负心汉，但他一向可以在女人堆里如鱼得水、左右逢源，艳福斐然。他的猎艳经验之一就是大胆“用女人的钱”，理由是：爱你才用你，包括用你的钱。所以，冰雪聪明的张爱玲也信服，然后为其打开钱包、箱包、闺房、才情和心扉。

采访过一对恩爱夫妇，年轻的太太对车有轻度恐惧，所以不敢学车，却喜欢男人开车时的潇洒与性感。比如坐在副驾驶室里，左看自己男人，侧脸棱角分明，专注淡定，很有安全感；右看窗外风景，模糊、变幻、丰富……她笑着，坦承，最初看上现在的先生，就是喜欢他有车，以及他开车帅帅酷酷的样子。

她的男人，坐在同一沙发上，倾听着太太的话，笑着，频频点头，他不觉得这样的爱情说法、爱情动因不够充分、不够体面、不够官方、不够浪漫。“我对她有用，这是对我最隆重的赞美！”他忍不住这样总结，然后当着我的面，把她揽过去，浅抱；太太温柔地配合，一气呵成。“丈夫是我最好的车夫！”她幸福地补充。

很多夫妻最后形同陌路，就是因为“基本不用”，爱如锁，不用，久之，哪怕是原配的钥匙，也打不开了。

“用”是最真实、深切的爱。“爱”是形容词，花哨，

“用”则是动词，朴实。动词更有说服力与执行力，形容词虽然可以使得天花乱坠，往往中看不中用，而且没有持久力。怦然心动只是过眼云烟，柴米油盐才是一辈子的生活方式。

爱以致用。

原载于《青年文摘》

秋夜里的最后一枝百合花

文|朱砂

街角处新开了一家鲜花店，我每晚遛弯儿回来都要经过那里。

店面不大，里面花的品种却不少，十几平方米的空间内满满当当地摆放着各种叫上名来的和叫不上名来的花花草草。

店主是一个40多岁的胖女人，嗓门儿很大，喜欢穿纯棉的碎花衣服，每天像只巨型蝴蝶般在花丛中穿来穿去。

胖女人原来在服装厂当保管员，内退后开了这家花店。胖女人的老公下岗后一直没有工作，每天蹬着辆三轮车给鞋市的商户们拉货送货。

这对夫妻的文化水平虽然不高，却有一个是高考理科状元的儿子。去年的这个时候，这家人又上报纸又上电视的，着实火了一把。为此，老公一直怀疑达尔文进化论的步子是不是迈得小了点儿。

上个月，朋友从香港过来，送了我一个紫罗兰纹理的花瓶，非常漂亮。于是从那一天起，晚上遛弯儿回来的我总是有意无意地到花店中转转，郁金香、桔梗、康乃馨、太阳花、海芋、黄菊，每次都随心所欲地买些不同的花，唯一不变的，是每次花束中必有一枝百合。在我的感觉里，素淡清雅的百合花有着其他花种所没有的纯洁与安静。

一天晚上，我遛弯儿时遇到原来单位的一个老同事，聊了会儿天儿，往回走时已经快10点了。虽然晚了些，可路过花店时，我还是走了进去：因为回老家，花瓶里的花已经十多天没换了。

我随手选了一枝银莲，两枝勿忘我，一枝蝴蝶兰和一枝雏菊，当我把手伸向花架上仅有的一枝百合花时，胖女人忽然就拉了一下我的胳膊，一脸歉意地说："妹子，今天就剩这一枝百合了，换枝别的吧。"

我下意识地皱了皱眉，心底忽然涌起一股怨气。我清楚记得，前些天也有这么一次，明明花架上还有一枝百合花，胖女人却说什么也不肯将它卖给我。

"为什么我不能要这枝花？"我轻声质问着，语气里有压抑不住的火气。

"不为什么，换个别的吧，妹子，店里除了这枝花，别的你随便挑，我给你打八折还不行吗？"胖女人语气决绝。

"不行，我就要这枝！"我的犟脾气也上来了。

"这枝有人要了。"

"骗谁呢，都10点多了，谁会订了花这么晚了还不来拿？"

正争执着，门开了，一个30多岁的男人走了进来。

"大姐，今天还有要处理的花吗？"男人一副气喘吁吁的样子，给人的感觉是一路小跑过来的。

"有的、有的"，胖女人的脸瞬间绽放成一朵硕大的秋菊。

我正想争辩两句，忽然感觉一只胖手在花案下捅了我一下，抬头看时，胖女人正冲我眼色，示意我不要说话。

我纳闷儿却又不好说什么，只得拿起旁边的一只茉莉来嗅。

"兄弟，稍等啊！"胖女人一边说着，一边手脚麻利地拿起那只百合，又从花束中抽出两枝玫瑰两枝勿忘我和几枝满天星，用粉色的手揉纸简单一包，递给了男人。

男人接过来，说了声谢谢，递给胖女人10块钱。

胖女人接过钱，拉开抽屉，拿出5块钱来递给男人，男人再次说了声谢谢，然后转身走了出去。

“这回你的算盘可没打好啊！”看着男人渐行渐远的身影，我幽幽地冲胖女人调侃了一句。

我常买花，知道男人拿走的那束花，光是进价也不止5块钱。

“赔点儿就赔点儿吧，这兄弟挺不容易的，孩子才三岁，媳妇得的是乳腺癌，晚期。”

胖女人长长地叹了一口气。

“这男人的媳妇一定非常喜欢百合吧。”我定定地看着胖女人的脸，那一刻，我第一次感觉那张胖嘟嘟的脸竟是如此可爱。

“是啊，他说他媳妇特别喜欢百合，可是，这花太贵了，他们消费不起。于是我告诉他，每晚10点以后我会选出一些影响第二天销售的花以极便宜的价格处理掉。”

“于是，每天的最后一枝百合花便成了非卖品，你宁肯五块钱一束卖给他也不肯25块钱一束卖给我。”我笑眯眯地瞅着胖女人，脸上写满了一种叫作敬意的东西。

胖女人哈哈大笑，露出了和她的年龄极不相称的腼腆：“得了这样的病，那女人一定很痛苦，咱也没什么本事，帮不上什么大忙，送束花，只当捐给她一份好心情吧。”

我的心中，忽然就涌起一股久违的感动。

许多时候，对于身处困境中的人来说，最好的同情便是尊重。看上去大大咧咧的胖女人却懂得，在施舍的同时最大限度地去维护一对年轻夫妇的自尊心，让他们在受施的同时也能笑起来。这样的施舍，无疑是人世间最美丽的善举。

那天，夏夜里的最后一枝百合花馨香了一颗麻木的心，那份不经意间透出的善良与关爱，温暖了我，温暖了一对病痛中的夫妻，同时也必将汩汩地润泽着这个世界。

原载于《妇女》

老婆的记事本

文|朱国勇

生命中的有些人有些事，虽无浓墨重彩，却悄悄地稳妥地滋润着我们，一忆起，便温馨一片。

我生性粗懒，好在妻子细心体贴。除了把一家三口的生活打理得体面滋润，娘婆二家，七大姑八大婆的琐事，谁家孩过生日等，妻子是样样周到，一个不漏。所有的亲朋都常常当面奉承我："你好福气啊，讨了个这么贤惠的老婆！"

是的，妻子的细心周到是有目共睹的。就连上个月，远在北京已经五六年没见面的二姑奶奶过生日，妻子也及时地打去电话祝寿。哄得老人家的欢笑声是一声接着一声。完后，老人家让妻子把话筒递给了我，然后就不停地叮嘱我："丽真是个好姑娘啊！你可不许欺负她，要不，二姑回来了可饶不了你！"听得妻在一旁抿嘴直乐。

只是，我一直纳闷，妻子哪来这么好的记性呢？我父亲兄妹八个，母亲姐弟四个，岳父弟兄五个，岳母姐妹四人。我还有三四十位姑表兄弟。过年时相聚，那些表兄弟我当然都认识，但是他们的对象我可就分不清了，好在可以一律以表嫂相称，也容易糊弄过去。可是妻子怎么记性这么好呢？

后来，我才知道，原来妻子有个记事本，上面都记着呢。

前些天，我拿过妻子的记事本随便看着。

一看我就乐了，这哪是记事本啊，简直就是娘婆二家的家谱嘛。上面密密麻麻地记着：大伯正月初八、三叔九月十一、强表哥家大婷五月初二……一个个，一行行，整整记了三页，我和儿子的生日，是用红笔勾出的。其中还有个叫马新敏的，八月十六。这是谁呀？咱家好像没有姓马的亲戚啊。

“老婆，这马新敏是谁呀？”

妻子一边拖地，一边回答：“班上的一个学生，唉，她父亲出了车祸，母亲远嫁了，挺可怜的。”

原来这样啊，除了家中亲戚，学校还有几十名学生要照顾，真难为了妻子。

一行一行地看着，我忽然心中一动，妻子自己的生日呢？儿子每次过生日家里都特热闹，爷爷奶奶外公外婆都来祝贺。我生日虽然简单点，但是妻子也会做几个好菜，买一瓶好酒犒劳我。可印象中，妻子好像没过过生日。一直翻完整本记事本，我才发现，两大家子，那么多亲戚都在，唯独少了妻子自己。

我心中又是感动又是愧疚，拿起笔来，郑重地添了一个：爱妻九月三十。我想，这次，我不仅将其写在了纸上，更是记在了心上。

“老婆，你歇歇，我来拖吧。”

妻子抬起头，捋了把头发，笑了：“一边凉快去，你哪弄得干净！”

看着忙忙碌碌的妻子，我心中暖暖的，一阵感动。窗外，绿树葱茏，白云飘飞，岁月静好，现世安稳。妻啊，与你的相携相守，是我今生最大的幸福！

原载于《健康时报》

寂寞的舞者

文|朱国勇

他是我的朋友，叫柳乔。

与女友分手那天，柳乔满脸冰凉的泪水。

女友说：对不起，我无法不为他着迷。他俊秀的面庞，优雅的气度，尤其是他在画布上挥洒时的神采，更让我心神俱醉。

她口中的他，柳乔知道，一个美院的青年教师。

柳乔听了，只有泪水，止不住的泪水，他的面庞就如雨中的玻璃窗，细细地布满泪珠，泪珠骨碌一下滚落，再细细布满，然后再滚落……

柳乔的伤痛，让他身边的每一个人都在心里叹息。那种伤到骨子里的悲，感染了所有人。三个月后，柳乔重新开始了工作。只是，人变了很多。那么阳光的一个男孩子，现在只剩静默。工作越来越勤奋，业绩越来出色，人，却愈是静默。

没事的时候，柳乔便在画布上涂抹，画的是她的肖像。画中的她越来越传神，画外的他越来越绝望。半年后，柳乔又拜了一位退休的教授为师，专攻国画。

去年三月，柳乔做了一个疯狂的举动，他去了韩国整容，花了十多万。割了双眼皮，磨了颧骨，嘴唇也变了许多……一个刚毅的商界精英，就这样成了一个俊秀的小男生。周围的朋友都在心里叹息。我们都知道，在柳乔的心中，有一个无法抹去的阴影，就是那个俊秀的美院教师。

今年二月，柳乔在省城开了个画展。我们几个朋友都去捧场。有别于一般的山水国画，柳乔的画多是人物，且场景不停变幻，荷塘边、青山下、石径上……不过主角却始终只有一个，一个窈窕绰约的女子，与她有几分神似。

画展获得了不少专业人士的好评，而柳乔，却没有多少欢颜。更多的时候，他都是抽着一根烟，整个人就像藏在云里雾里一般。偶尔俊秀地一笑，也掩不住眉宇间的忧伤。我记得，柳乔说过：我不爱画画，我是爱她。

五年了，柳乔今年29岁了，在公司里已是销售部经理，年薪十多万。只是感情上，仍然一片荒芜。

前段时间，我在苏州遇上了她，那个让柳乔千回百转的她。还记得柳乔吗？我问她。

我想告诉她柳乔这几年的际遇。不为什么，哪怕是她的一句感叹也好。可惜，她却没有给我这个机会。她匆匆地递给我一张名片："不说他了。明晚我给你接风，现在我有点事，再见！"

我在心中叹息，当年明眸皓齿的小佳人，已变成一个风风火火的职场"白骨精"。可怜我的柳乔……

这些年来，柳乔就是一个寂寞的舞者。臆想中，柳乔把她当成唯一的观众。整容，学画，不过是在按她的标准打造自己。

或者，他希望她能看到。可惜，她在看吗？

她若是爱你，你的一切都是美的。她若是不爱，你再精美的表演，她也只会一瞥而过，漠不关心。

在今夜的微凉的风中，想到柳乔，想到他这几年的一切，我忽然有想流泪的冲动。

原载于《皖江晚报》

爱，无须华丽的点缀

文|朱国勇

这是一个古朴美丽的南方小城。她娇小美丽、优雅动人，在一家医院上班，有着众多的追求者，其中不乏才子、帅哥、商界精英。可她，偏偏选了他，一个农村来的小伙子。除了与生俱来的勤勉，他一无所有。新婚之夜，他搂着她，动情地说："我一定会让你过上好日子。"

他辞了公职，开始艰难地打拼。每天早晨，他细心地为她做好早餐，然后去店里打理；而此时，她还在睡梦当中。晚上，他一身疲惫地归来时，已是万家灯火。半年后，经一个朋友介绍，他去了百余里外的省城发展。

朋友对她说："要个孩子吧，可以拴住男人的心。"她也想要个孩子，不是为了拴住他，是真想。他捧着她的脸，一脸疼惜："再等一等，我要给你和孩子最好的。"

两年后，他成功了。在轰轰烈烈的鞭炮声中，他投资的服装大卖场开张了。然而，就在这时，他们的爱却走到了尽头。

不是因为他。是她，怀上了别人的孩子。他悲愤欲绝，问她为什么。她流着泪水，不答话，只说爱到了尽头。后来，她说，他不是输给了别人，是她，割舍不下肚子里的孩子。

他明白，当初，她说爱的时候，她是真的爱他；如今，她说不爱的时候，她是真的不爱他了。他大哭一场、大醉一回之后，决定放手。他送她的财产，她一分都没带走。

她说，爱不需要多高大，她只是个寻常的烟火女子，暮暮朝朝、相惜相守的恩爱生活，就够了。或许，爱注重的不是一个辉煌的终点，而是点点滴滴的恩爱过程。

这句话辗转传到他的耳朵里，已是三年后。他突然发现，结婚近三年的时光里，除了晚上睡在一块，白天，他几乎没有好好陪伴过她。就连过年过节，他常常也是在忙碌中度过的。他的心中忽然酸涩不已，泪流满面。

他决定去看她。在她的小区门口，他看见，她和那个男人牵着一个粉雕玉琢的孩子。孩子眉宇之间，与她一样俊秀。

被她的孩子叫作爸爸的，本应是他啊！坐在轿车里，他又一次泪流满面。

或许，他的身边不缺美女；或许，在沧海流转的红尘岁月中，他能慢慢淡忘了她，慢慢地，也会结婚生子，但是此世今生，她已成了他心头抹不去忘不掉的一块暗伤，一触，便痛彻心扉。

爱若在，又何须证明；爱走了，就算酸痛，也请道一声祝福。

原载于《桂林晚报》

你会宠老婆吗

文|朱国勇

曾和朋友笑言，女朋友是用来哄的，哄得她芳心萌动，才好连理成双啊。结婚后，女朋友升级成老婆，这“哄”也要与时俱进，更上一层为“宠”了。

当然，宠老婆不是要你做牛做马，不是要你洗衣做饭外带倒马桶。你真要这样做了，多半讨不了好，就算老婆不骂你窝囊废，没个男人样；邻居也要笑你是个“妻管严”。古今中外各行各业，但凡高手，都讲究个“不着一字，尽得风流”。宠妻，也必要达到这一境界，这样小日子才能过得有声有色如鱼得水。

我，就是“宠妻”这一行中的高手，而且是高手中的高手。现将我的经验抄录如下，与诸君共享。

首先，精神上，要让老婆觉得有个奔头。大家别小看这点，这点很重要。大多数男人，都处在如我一般的工薪阶层，有点小本事。但是，电视报纸上每天都有大量的精英男士出现，他们风度翩翩，有才有识。或者你家的某个邻居就是个标准的钻石王老五。老婆虽然不会出轨，但是精神上，你不知不觉就已经给比下去了。怎么办？很好办，给你老婆描绘一个动人的蓝图就行了。加薪了，升职了，甚至上司表扬了，同事恭维了，你遇到某个突发事件的机智表现啊……都告诉你老婆，说完了，表现点小得意出来。让她明白，她老公可是有能耐的，现在虽然平凡，说不定哪天就功成名就了。她会发现，自己没找错人，这老公还真是很有后劲的潜力股呢。就算比上不足，这比下还是有余的。这日子一定能三年小变样，五年大变样。退一万步说，就算不变样，这平常过日子还是不用担忧的。这不，她一来劲，你这日子就舒坦了，家务你再干点，里子面子全有了。

其次，要干点实事。没几个老婆是傻瓜，你光说不练，迟早要穿帮的。这实事指的是事业上的。一个大男人，养家糊口不易，要表现点男人样出来。工作要出点成绩，理财要有点智慧，教育儿女要动点心思，关爱老婆要真情萌动。总之，家里的大事，你要有个男人样，让老婆觉得踏实。真要有自己也摸不着北的事，也要镇定，不能乱了阵脚，总会有办法的。若是你一副走投无路的样子，这家就乱了。你把“乱”放在心里，乱的就你一个。

第三，常常给她一些温暖。女人特感性，重浪漫，什么生日、结婚纪念日，甚至第一次见面纪念日、求婚纪念日，她都很在乎。你要记住这些特殊的日子，送束花，买点小物件，一个深情的拥抱，二三甜言蜜语，保证收到奇效。

第四，别让老婆太辛苦。老婆干点家务没什么，但你的心里要掂量着，如果老婆很辛苦。你就要勤快着，别让老婆累着。不说别的，一个娇柔温婉的女人太累了，看着也心疼吧。

很琐碎地说了许多，其实，这些都是次要的，最重要还是要“爱”，关爱，怜爱，恩爱，这些才是家庭生活的基础。诸君千万不能舍本逐末，光玩技巧。执子之手，与子偕老，在浓浓真情的滋润下，要是有哪个老婆不感到被宠，不觉得舒心，那才叫怪事。

原载于《合肥晚报》

为你流泪的女子

文|朱国勇

那年，我18岁，单薄的身子，穿着洁白的衬衣。我什么都没有，唯一拿得出手的，只有梦想。有喜欢的女孩子，却一直不敢追。就这样，三年一晃就过去了。当有同学拿着毕业留言册让我写留言时，我猛然惊觉，毕业了！就像一个戏子，登台亮相，本想拳打脚踢卖弄一番，猛一抬头，竟是谢幕了。于是，草草收场。

胡乱地写着留言；和三三两两的同学在脏兮兮的小酒馆里，喝呛人的白酒；给心仪已久的女孩子送一本书，然后响亮地喊一句：不在乎天长地久，只希望曾经拥有……乱，大家都这样乱，我也便乱纷纷地跟随着。

乱着，也热闹着，但是，却没有什么能在心里留下特别的印迹。直到，我踏上归乡的列车。

一大群的同学，闹哄哄地说着祝福的话。也有粗俗的男生开着不合时宜的玩笑。我坐在车窗边，向着同学们招手。当列车响亮地打了一个汽笛，忽然，一个叫欣的女生，摆脱拥挤的人群，扑到我的面前。她忧伤地、定定地看着我，然后，眼睛一红，一粒粒清清的泪珠就滚了下来。我十分诧异，不知所措。她张了张嘴，却没说出话来，那泪水一涌，就布满了面颊。就在这时，列车缓缓开动了。她随着奔跑起来，一把抓住了我的手，但是立刻就被飞奔的列车甩开了。

我把头伸出窗外，朝着她挥手。只见她痛苦地弯下腰来，蹲在地上哭泣。有两个女同学拉着她的胳膊，像是在劝说。

那一刹那间，我终于明白了她的心思，内心感动得一塌糊涂。虽然她只是个善良而普通的女孩，但那一刻，我真的愿意陪她到天荒地老、海枯石烂。

我仔细回想三年中的点点滴滴，实在找不出与她有什么暧昧的地方。对她的印象，越想越是模糊。只是，真没想到，在那个异常传统而守礼的年代，当着那么多同学的面，她会那般动情！

那是一个通信十分落后的年代，回到家乡，我就照着留言册上的地址给她写信。写了好几封，却一直没有接到她的回信。时间久了，也就只好罢了。

漫漫数十年过去了，我时常会想起她。原来模糊的印象，透过漫长的岁月，竟然越来越清晰。我记起了许多细小的情节：班里开联欢会，她唱的是一曲黄梅调《夫妻双双把家还》，男同学们都使劲地拍手叫好。但是，我一叫好，她就红着脸不唱了。运动会上，她代表班级给我送水，我一仰头，喝了大半瓶，而她一直害羞地低着头。考试时，她偷偷递给我小抄，然后狡黠地朝我打个“v”字手势……一点一点，都忆了起来，一点一点的温馨，又是一点一点的忧伤。年少懵懂的心，不知忽略了多少美好的细节，不知辜负了她多少。我常想，若是能与她携手人生，一定也能成就一段佳话。

我只是个寻常男子，面容一般，工作平凡，这一生中，有几个女子能如她一般，为我洒下那般动情的泪水？只怕再也没有了。

一个男人，一生中，只要有一个女子这样地为你流泪，此生便已足矣。我何其有幸，拥有了你如此晶莹的泪水。

夜阑人静，明月西悬，我常会对着遥远的南方，默默地想她。虽然已是江长水阔，天各一方，但是，她永远是我心中最真的红颜，最近的知己。

原载于《皖江晚报》

泰晤士河畔的竹椅

文|朱国勇

佛曰：破执着。若是真能破了，或许真能脱去许多苦楚；但是，世上就会少了许多凄美的，让人落泪的情节。

1955年，美丽的泰晤士河畔，一棵粗大的苦柳。苦柳下，一条长长的竹椅。每到周末的黄昏，就有一个四十来岁的汉子，来到这里，痴痴地看着泰晤士河对岸，那圆圆的艳红艳红的落日。

凉风起时，男子便幽幽地吹起口琴，悠扬的曲调，舒缓而透着凉薄。霞光中，男人一脸凄伤。终于有一天，他忍不住悲从中来，捂着脸，放声痛哭。那哭声，压抑，扭曲，撕心裂肺。

第二天，他的照片就上了《伦敦每日电讯》。大大的标题“瞧，保守党的这个蠢货”。一些由工党控制的报纸，纷纷转载这张照片。他痛苦压抑的表情，很快传遍了整个英国。政敌们都称他为“只知流泪的蠢货”。迫于压力，他辞去了保守党副领袖的职位。

第二个周末，他又来到了美丽的泰晤士河畔。对面的河岸上，一对一对比肩而坐的恋人闪花了他的眼。他举起口琴眯着双眼，是幽幽的一曲《致爱丽丝》。

“希思。”一声轻轻的呼唤，惊醒了他。他抬头，微微一惊，是她，凯·雷文。

凯·雷文曾是他相恋十多年的女友，可是，就在他成为保守党副领袖、当选议员之时，她离开了他，嫁给了一个朴实无奇的老兵。从此，泰晤士河，成了他的伤心地。从此，凯·雷文成了他最深情又最绝望的女神。

凯·雷文依着竹椅坐下："或许，我不该来。"他抬头看着泰晤士河对岸圆圆的落日，眼中悲意更浓。凯深吸了一口气，忍着眼中的泪水："但是，我控制不住自己。"

凯·雷文拉着希思的手："一切都过去了，忘了我吧。不要再这样折磨自己了。"

几年不见，凯·雷文更美了。她金黄的头发，就如夕阳一样绚烂；白皙的肌肤，如雪花一样晶莹；清澈的眼睛，如湖水一样幽蓝。

希思笑了，笑容里一缕难掩的忧伤，如薄暮中的轻岚一闪而逝："不要担心我，亲爱的。爱情，只是一个人的事。这美丽的莱茵河，它令我忧伤，但是，我很享受这种感觉。在这里，我能追怀，追怀那些美好日子里的一点一滴。爱，已经逝去了，这是我唯一能做的。希望，这不要给你带来任何思想上的负担。"

那个黄昏，他绅士地拥抱了她一下，然后微笑着送走了她。从此，他再也没有见过她。

1970年，希思当选为英国首相，在他的带领下，英国加入了欧洲共同体。只是，那古老的泰晤士河仍是他心灵深处的伤心地。一有余闲，他就会来到泰晤士河畔，对着夕阳，吹一曲幽幽的《致爱丽丝》。

2005年，已经89岁高龄的希思，坐在让他忧伤了五十多年的泰晤士河畔，坐在那张古旧的竹椅上，阖然长逝。那只他吹了50年的口琴，跌落在草地上。

希思走了，在他执着了半个世纪的一个人的爱情里，在他忧伤了半辈子的泰晤士河畔。在艳红的夕阳下，一下须发如雪的痴情汉子，安详地走了。

希思无儿无女，终身未娶，如今，墓地上，已是青青一片。只是，每年的忌日，都会有一个年轻的姑娘来坟前祭拜。见过的人都说，这姑娘，与凯·雷文有三分神似。

如今，泰晤士河畔，希思坐了五十多年的那把竹椅，已经成了爱情的象征。每年八月，都有数不清的青年男女，千里迢迢地赶来，在这张椅子上坐坐，对着泰晤士河对岸那一轮绝美的落日，许下生生世世的诺言……

原载于《中国教师报》

青石桥畔乱世情

文|朱国勇

石头城、建康、金陵，这些古色古香的名字，注定了南京是一个有故事的城市。

老城西，曾有一座青石桥，叫江津桥。桥边有个小酒馆，他是这家酒馆的掌柜，素颜蓝衫，眼神清澈。酒馆真的很小，一个厨师，一个小二，生意好的时候，他这个掌柜就得兼做跑堂。

正是三月，桃花开了，他立在门前的桃树下，看桥下的粼粼流水。她来了，剪着那个年代特有的短发，身后，还跟着一个十五六岁的丫头。她早就注意到他了，一个小掌柜，乱世中，为什么有着那般沉静的气质。她料定，他不是凡人。

浅浅地沽了酒，热热地烧了菜。不早不晚的午后，除了她，小酒馆里再没有别的客人。她请他喝酒，他微笑致谢。第二天，她又来了，一个人，没带丫头。他亲自下了厨，一盘炒春笋，一碟银米虾，半壶酒，一袋花生米，轻易就消磨了一个下午。

她，是银贵米庄的大小姐，读过书，留过洋。他呢，14岁离开家乡，十多年的飘摇，才终于有了这家小酒馆。四目相对的刹那，他终于动了心，30岁的客居年华，也该有个归宿了。

他们去秦淮河、清凉山、中山陵，去老码头、古江宁、明故宫，他们度过了许多快乐而美好的日子。那是个传统而守礼的年代，最动情的时刻，他们也不过是盈盈相对，十指相扣。

她偶尔会去酒馆里帮着打理，店里的那个小二，最是乖巧。见了她，总是笑嘻嘻的。问小二笑什么，小二也不回答，只是嘻嘻笑得更厉害了。笑着笑着，她便红霞满面。

他呢，总是很忙。她能理解，乱世谋生，总归不易。

一天夜里，她流着泪跑来，要他带她走。她是订了婚的，家里催她结婚了。幽幽的月光照进简朴的酒馆，他也是一脸泪水。他是爱她的，将她看得比生命更重。与她相守于江湖，何尝不是他的心愿呢？可是，他不能走！正如她所料的，他不是普通人，他是共产党驻南京的特别联络员。这是他的岗位，他不能走。他忍着悲痛说，她是个好姑娘，就该找个好人家，而他，一个穷掌柜，是配不上她的。她是哭着走的，压抑的哭声在寂静的夜色中传得很远很远。那夜，他在月光下站了一夜，任清凉的水露打湿了他的发丝、衣袖。

他常去看她，隔着高墙，可以看到墙内的桃花，那般的妖娆动人。他绕墙一周，再寂寂归去。她呢，坐在高楼上，常常遥望城西，隐约中，可以看到江津桥上古老的栏杆和小酒馆灰灰的屋脊……

半年后，日本军攻进了南京城，他奉命撤退。临行前，他曾去找过她。她早已走了，只留下空空的偌大一个院落。他终于走了进去。四望空空，只有屋角的那株桃树仍在，枝叶浓密，却已寻不出半点桃花了。

他去了上海，后来又去了北平，退休后，回到了祖籍安徽。他叫朱显贵，1997年，阖然长逝于庐江。他无儿无女终身未娶，如今，坟头上早已青青一片……

原载于《桂林晚报》

生怕情多累美人

文|朱国勇

才子风流，自古皆然。民国期间，第一风流才子，非郁达夫莫属。郁达夫先后明媒正娶的妻子就有三个，红颜知己有数十位之多。这么多的女人，郁达夫曾付出过多少真情，还真难说。不过，有一个女人，郁达夫至死都不能忘，一忆起，就是浓浓的伤怀与感动。

1940年，郁达夫在新加坡组织抗日救国运动，一次演讲时，日军飞机突然来袭。慌乱中，郁达夫将一名青年女子掩在身下，没想到这名女子却翻过身来掩护郁达夫，笑言郁达夫比她重要。这一笑，当真是眉目如画，风情万种，令郁达夫心醉不已。

这名女子就是李小瑛，26岁，正是风华正茂的年龄。她供职于英军情报部门的新加坡电台，主持一档华语节目。她读过郁达夫的作品，十分崇拜他，并主动向他示爱。她在一封求爱信中热辣辣地写道："上帝把我派到人间，为的是让我看管好一只才华横溢的迷途的羊。"郁达夫立即抓住这漂泊中的爱，并认为这是"上帝送来的最好的礼物"。他在回复李小瑛的信中说："我原以为爱已经死了。现在，我终于知道，只要生命不死，爱情就不会死！"一个有情，一个有意。男才女貌的动人传说再次在人间得到印证。

然而，郁达夫与李小瑛的爱情却遭到了家人的激烈反对。不得已，李小瑛只好以“义女”的身份住进了郁家。

郁达夫以前遇到的女子，没有不要求婚姻的。只有李小瑛，献给郁达夫的是一份难得的无私之爱。她安慰郁达夫说：“我知道你的好意，也理解你的难处。我不要什么名分，只求能够与你在一起，天天爱你就行了。”李小瑛的有情有义更加赢得了郁达夫的敬重和依恋。郁达夫十分感动，他写下不少情诗献给李小瑛，甚至用罗马史家提图斯·李维的英文名字作为对李小瑛的昵称。

他们在一起度过了两年幸福美好的时光。

1942年初，随着新加坡各主要港口和大城市的相继沦陷，李小瑛任职的英国情报部门先行撤离。郁达夫眼睁睁地看着心爱的人儿远去。太平洋战争爆发后，郁达夫与李小瑛劳燕分飞：李小瑛退到了爪哇岛，郁达夫则逃亡到苏门答腊。他在这时创作了著名的《乱离杂诗》，其中前七首就是为思念李小瑛而作。

对李小瑛，郁达夫有一份深深的感动与歉疚。最难报答美人恩。可能下面这首诗最能表达郁达夫对李小瑛的一片浓情。

不是樽前爱惜身，佯狂难免假成真，
曾因酒醉鞭名马，生怕情多累美人。
劫数东南天作孽，鸡鸣风雨海扬尘，
悲歌痛哭终何补，义士纷纷说帝秦。

原载于《扬子晚报》

年华因你而寂寞

文|朱国勇

生命中，总有一些人，他们流星一般划过我们寂寞的人生，华美中透着幽幽的凉，让我们不能忘，也无法留……

那是江南，那风醉，那水美，那小船静静地滑过粼粼的湖面。那时的她真是年轻啊！跨过这座桥，穿过几行柳，蓦然地，就看到了他。他斜倚在一棵柳边，修长的手指夹着烟；目光中有雾一般的迷离，一朵流云，从湖的远处飘过。一刹那间，她心中柔柔地一动，她知道，一个美好的故事开始了。

"嘿，我叫莫语。"她故作镇定地打着招呼。

他，抬起头来，微蹙着眉头。那目光中，淡淡的冷，微微的凉，似有一把薄凉的剑，缓缓刺来。

她涨红着脸，不知所措。

他却笑了，一笑就露出细细洁白的牙齿。他笑起来真好看。她的心中有一头欢喜的鹿，轻轻地跃动。"划船吗？"他温和地问。她想都没想，就使劲点了点头。

一艘古典的乌篷船，长长的，细细的。她握着木桨，那桨，重而旧，有着古典的美与凉。而他，立在船头，唱着一首徐小凤的经典的曲子，深情中含着幽凉，优美中又透着沧桑。盯着他的背影，她有一种错觉，自己仿佛就是千百年来采莲的姑娘；而他，就是策马而来仰首吟诗的青衫客。

低头弄莲子，莲子清如水。她心头涌起一种异常的感觉，在他面前，她愿意低到尘埃里。

他弯下腰来，拨开清清的湖水，洗了洗手。她觉得，他的手就像拨在她的心上，柔柔的，让人生出向往。

良久，他转过身来。目光中，有微微的凉一闪而逝。他笑了，一刹那间，春天来了，有大朵大朵娇艳的花，开满了她的整个世界。他温和地问她："学生吗？在哪读书的？喜欢什么书啊？"她一一回答。时间不长，她便放松了，有意地，她将小女孩的乖巧与青春尽情地展示在他面前。他舒了眉梢，发出爽朗的笑声。

她也问他："你叫什么名字，在哪工作啊？怎么一个人逛公园啊，女朋友怎么没陪你呢？"最后一句还没说完，她已羞得满脸通红。

他呢，一句也不回答。坏坏地，定定地看着她："丫头，问这个干什么，你不会是爱上我了吧？""说啊！"她索性撒着娇。

他微蹙了一下眉，目光中，那微凉的剑光一闪而逝。他转过身，不再说话。她愣住了，看着他的背，像对着一堵冰冷的墙。

船很快靠了岸，他抬步上岸，沿湖堤默然行去。留她，呆立在船头。一湖的风，凉凉的，卷着她清扬的秀发。

行到转角处，他回过头来。隔着那么远的拂堤杨柳，她看不清他是什么表情。一秒钟后，他转身，没入如烟的柳林。

很多年过去了，她再也没有见过他。只是，她再也不能爱上别人。年轻的，她嫌青涩；成熟的，又嫌老气。冥冥中，只有他张弛有度、恰到好处，轻易，就摄了她的魂魄。旁的人，再便入不了她的眼。30岁的年华，满是寂寞。

她常常梦到他。在梦中，依然是一湖粼粼的水，她是千百年来低头含羞的采莲女，他是策白马而来吟诗的青衫客……

原载于《合肥晚报》

多少初相识，却似故人来

文|朱国勇

一直忆着，红尘里的那场初遇：

青绿的教室门前，她轻巧地走了进来。她就如一株清净的莲，随风摇摆，抖落颗颗水露。丝丝暑气中，让人从心底生出一汪清凉来。她稚嫩的身体，就如一只鸽子在阳光下，生出不真实的透明感来。就在那一刹那，我的心软软地一动，她那张清丽的脸，让我生出一种似曾相识的感觉。仔细想，又想不真切，只是觉得好像在哪见过。

一整个下午，我都陶醉在一种美好的情韵中。对着她的背影，无限遐思。冥冥中，我觉得有一种缘分降临了。

《红楼梦》中，有经典的一出：贾宝玉初见林黛玉时，便说："这个妹妹我曾见过。"其实，又何曾见过啊，不过是一种心动，是一颗初心开始了美好的震颤。明明初相识，却似故人来。我相信，红尘中，有无数美好的初遇都让人生出了故人般的感觉来，很多甜美或伤情的故事便由此而生，先是涓涓细流，然后春水荡漾一片，最后十指相扣，润出江山无限。

我和她，终于，没能衍生出半段故事。苍白到多年以后，连一段可供消磨的记忆都没有。

在那些伤情的岁月中，我一笔一笔在日记上倾诉。每当一纸诉完，窗外，圆月幽明，顿时生出山河幽幽一人独醒的悲怆来。

很多年后，我仍然会在一个幽暗的夜里突然地醒来，心里酸酸地痛。在恍惚中，仍会看到她立在门角嫣然一笑。

有个男生曾这样形容她的美丽：她笑的时候，能让每一位面对她的男生觉得，她只是在对自己笑。

或者真是这样吧，或者只有真正的美才能造就这样一种错觉吧。

这么多年过去了，我仍然坚持：她跨进教室时那纯真的一笑，是对我。真的，那不是错觉！

人生最痛长相忆。或者，忆着，真的不如忘了。忘了，就是淡漠。对于已经错过的人而言，淡漠才是最好的选择。记不得，是哪一部电影了。女主角历尽艰难，终于找到了自己少年时暗恋的情人。可惜，那个很绅士的男人早已记不起她了。男人很绅士地说：小姐，你好。那一刹那，女主角怔住了，一张秀丽的脸上蓦然写满了荒凉。伤感的音乐适时响起，女主角转身离去。汽车绝尘而去，一根洁白的丝带，在蓝天碧海之间，无尽地翻飞……

真的，对所有逝去的爱情而言，淡漠才是最好最终的结局。

只是，那一场青春里的初遇，又怎么忍忘？

如果有一天，你遇到了一个人，怦怦地心跳，总觉得好像在哪见过。那么要祝福你，你的缘分开始了，虽然，缘分的终极也许是淡漠。

原载于《中国妇女报》

李银河妙解夫妻之道

文|朱国勇

有一位白领丽人与李银河是好朋友。有一天，这位白领丽人向李银河抱怨道：“我丈夫太懒惰了，家务事从来不做。”

“你丈夫有工作吗？”李银河问。

“有，在一家外资企业当销售经理。”

“那好，你想想，他是不是也挺累的？”李银河慈祥地笑了，“所以，你要学会原谅。”

听李银河这么一说，白领丽人气就顺了。也对，丈夫其实也不容易。

过了一阵子，这位丽人又来了：“李老师，我丈夫太不讲究卫生了。有时，他连脚都不洗就上床，我实在受不了。”

李银河又笑了：“请你原谅他！”

白领丽人显然不满意这个答案：“你为什么总是叫我原谅？”

李银河并不恼，笑了笑说：“因为，原谅，是幸福之源。”

白领丽人先是一愣，但是立即心有所悟。她朝李银河道了声谢，满心欢喜地回家去了。

大半年后，又是这白领丽人来了。只见她容颜消瘦，满面泪痕：“老师，他居然在外面有了情人，您说，我该怎么办？”

李银河沉默半晌，然后轻轻一声叹：“离婚吧。”

白领丽人虽然满心气愤，但是毕竟数年的夫妻，真说到离婚，她心里还有一丝不舍。她含着泪水凄楚地问李银河："李老师，你不是常说原谅是幸福之源吗？这一次，为什么不再劝我原谅他呢？"

"原谅确实是幸福之源，但是，'勉强原谅'却是痛楚之源。"李银河一脸悲意，"这一次，你是无法真正原谅他了。"

白领丽人听了，心中顿悟。回去之后，她很快离了婚，过着自由的生活。

又是一年后，这位白领丽人又来了："李老师，我的丈夫说他很后悔，缠着要和我复婚。您说，我该和他复婚吗？"

"你觉得，他是真后悔吗？"

"是真后悔。"白领丽人肯定地说。

"那就复婚吧。"李银河笑意盈盈，"因为，你已经真正原谅他了。"

白领丽人深深鞠躬，拜谢而去。

白领丽人复婚后，日子过得幸福和美，先后育有两女一子。

是啊。夫妻之间，原谅是幸福之源，但是，"勉强原谅"却是痛楚之源。

夫妻之道，首在原谅，次在沟通。

原载于《青年文摘》

第六章

不要打破婚姻里的那份孤单

爱的最高境界是灵魂的契合，微妙间有着距离，彼此精神独立。

当下，找一个情人不难，找一个一生的伴侣则非常困难。爱情常常死于挤压、堆积。给爱情一件宽松的衣服，让两人间有真正可呼吸的距离。爱情太近会窒息，太远会消逝，而刚好的距离，是一种魅力、张力。

爱情的基石

文|朱国勇

女友哭哭啼啼地跑来找我："这日子没法过了，他居然有四五个红颜知已，没事就约在一起喝咖啡。"

女友的丈夫的事情，我知道，多是一些工作上的应酬。我安慰女友："你别想多了，你丈夫的事，我知道，他们之间没什么的。"

女友抹了一把眼泪："那也不行，精神出轨也不行。"

我打趣她："你丈夫还真有女人缘啊！"

女友嘟哝着："这又不是什么好事。"

我拉着女友坐下来："跟姐说说，这么多的女人，你丈夫当初咋就一眼挑中你了呢？"

"我们自小青梅竹马，有感情基础。再说，我品貌端良，对他又那么体贴，更重要的是我们谈得来，投缘！他不选我选谁呀？"说着说着，女友已是破涕为笑，面露小小的得意。

"你的这些优点现在还在吗？"

"当然在！"女友回答得特坚定。

"那你有啥好担心的？"

女友一愣，恍然大悟！

那天，女友是乐呵呵地走的。

没想到，没过几天，女友又来了，开口就向我抱怨："他臭袜子扔得到处都是，睡觉还打呼噜，我回娘家两天，他居然让孩子吃了六顿方便面。”

我盯着女友，笑得有点没心没肺：“他的这些缺点，婚前难道你不知道吗？”

女友答：“知道。”

我接着问：“那你为什么还要选择他？”

女人忽然有点羞答答的：“因为他勤勉上进，还特会心疼人。”

“他的这些优点还在吗？”

“还在。”

“那你有啥好抱怨的呢？”我朝着女友撇撇嘴。女友居然也咧着嘴乐了。

想想吧，既然当初你选择了他，他也选择了你。你们身上必然有一些闪光点吸引了彼此。这些闪光点，就是婚姻与爱情的基石。如果这些基石还在，只是在烦琐的婚姻生活中落了些灰尘，那么，请不要抱怨；更不要，因这些灰尘而坏了美好的心情。

原载于《意林》

爱是一行铅笔字

文|朱国勇

丈夫没了，孩子才四岁，她的生活一下陷入了困境。洗碗、推销、摆地摊……半年不到，她就有了那个年龄不应有的憔悴与苍老。

他赶到她身边的时候，她正孤独地守着小摊。他是她的初恋，他定定地看着她，满眼的怜惜，一如当年。看到他，隐忍多时的她终于放声宣泄开来，任冰凉的泪水在脸上肆意横流。

单位里，他已经是个不大不小的官，他舍下脸面四下求人，终于，为她谋了个轻松又实惠的工作。他待她甚好，细心体贴得一如当年那位送花的少年。

他说，爱是一行铅笔字，擦得再干净，也会留下痕迹。

这句话辗转传到她的耳中时，她感到阵阵温暖。她的心，就如冰冻的池塘，在春风的细细吹拂下，慢慢融化，涟漪渐起，最后柔波荡漾一片……

生活滋润了，她也慢慢精致起来。淡淡地扑上粉，细细地画了眉，巧笑如花，她又成了单位里的一位妙人。有人送花，有人请求约会，也有热心的同事当牵线的红娘，她优雅微笑，一一拒绝。似乎朦朦胧胧中，对他还有着期待，细思，却又不是。

因为，他有着一个幸福得让人羡慕的家。他的妻子，也不是一般的明艳。

他们会常常见面，他常会来她的单位检查工作。相逢一笑，他更显儒雅，她矜贵如初。只是他们都知道，今生，他们就如城外的那条护城河，是渐行渐远了。

如此过了多年，直到一天，他的妻子生病去世了。

她去看他的时候，他面如槁灰，仿佛一下苍老了10年。她心疼不已。

她开始细心地照料他，一如当年，他照顾她。她越来越体贴，他也渐渐展了眉梢。他的女儿，她的儿子，早已亲密得像亲兄妹。在家人朋友看来，他和她，早是水到渠成的一对。

只是他，越来越沉默。

朋友来为他俩当说客，她含羞不语，只是看着他。

只是他说，爱是一行铅笔字，就算还有痕迹，但要回到过去，却是不能了。他说得真诚，一脸愧疚。

她一阵心痛，心下默然。

半年后，他结婚了，一个小他六岁的女子，女子的眉宇之间与他的前妻有三分相似。

她也终于嫁了。结婚那天，他送来了一大束的康乃馨，鲜艳的花儿犹如满天的繁星，闪花了她的眼。轻轻一碰，便有花瓣落下，犹如泪水，轻轻滑落……

原载于《桂林晚报》

我把真心献给你

文|王治国

这是从朋友那里听来的故事。男孩和女孩相爱了，男孩深爱女孩多年，希望有朝一日能娶她为妻；但女孩得了严重的心脏病，随时都有失去生命的危险。据说只有靠换心手术才能拯救女孩，但做这个手术不但费用高昂，而且还必须要有人愿意捐献出来器官才行。

接下来的日子里，女孩的家人为女孩筹集资金，但几乎借遍了所有能借的亲友，借到的钱与那笔巨额医疗费用相比，仍差相当大一截。女孩、男孩及其家人为此一筹莫展。

突然有一天，男孩再来看女孩时，手里多了一沓钱。男孩把钱放到女孩面前，脸上溢满幸福，说：我刚刚找到了一份肥差，这是第一笔工资，我一定要治好你的病。女孩激动得流下了泪，对男孩说：等病好了以后我们就结婚……

后来男孩常隔三岔五地带着一沓钱来看女孩。细心的女孩发现男孩身上总有些新伤旧疤，便预感到了什么，女孩知道男孩身无所长，便质问男孩哪来的那么多钱。男孩总是逃避着女孩火辣辣的目光，故作轻松地说：反正不偷不抢的，究竟从哪来的你就不要管了。女孩就更加坚信了自己的猜测，哭得跟泪人似的，说：我宁愿死，也不要你那些不干净的钱！

那天，女孩突然接到从医院打来的电话，说男孩被摔成重伤，生命垂危，强烈要求见女孩一面。女孩不敢相信这是真的，火速赶到医院。看见女孩来了，奄奄一息的男孩把女孩的手放在自己的胸口，气若游丝地说：我看样子是不行了，一定要答应我，把我的心脏移植到你身上……

女孩终于知道了男孩整日伤痕累累的真相，原来男孩为了筹集更多的钱就四处自告奋勇地干起了报酬优厚的高危工作，炸高楼，攀铁搭，只要工钱高就勇往直前。今天上午男孩在拆一个高数十米的废弃大烟囱时，不慎从高空跌落下来。

男孩渐渐停止了呼吸，心如刀绞的女孩因过度悲痛而昏死过去。按照男孩的遗愿及女孩家人的意愿，医院迅速为女孩做了换心手术。手术很成功，女孩终于得到了第二次生命。男孩永远地离开了女孩，女孩的身体里跳动着的却是男孩的心脏。

朋友讲完这个故事，我们都不约而同地流泪了。我们谁也没有怀疑这个故事的真实性，因为我们都被这份至高无上的爱深深感动着。

我想，生活在凡尘俗世中的我们，也许并不都能像男孩那样做到为心爱的人无怨无悔地献出自己的生命；而一心一意地去爱一个人却是无须付出太多就能做到的。许多人告诉我们，两情相悦心心相印是因为个性契合，因为情深义重，因为彼此之间始终有浓厚的兴趣，但爱并不只是一种情怀、一种感觉，而是一个无言的承诺、一颗包容对方的心。

因为承诺，所以乐于付出；因为包容，所以爱得深沉。

原载于《城市晚报》

一杯苦咖啡

文|王治国

那天晚上，咖啡屋就要打烊的时候，走进了这样一对客人：男孩身型瘦削，头发枯槁；女孩个子不高，面部皮肤粗糙。他们有二十七八岁的样子，衣服和鞋子上都不同程度地残留着灰浆的痕迹。一看便知，他们是远道而来并生活在低层的农民工。

“请问两位来点什么？”我走过去彬彬有礼地问。

“咖啡。”他们不约而同地回答道，艳羡的目光仍不肯从金碧辉煌的浮雕壁画上移开。看得出，他们是第一次到这种地方来。

“我们这里咖啡品种很多，有炭火曼特宁、有英国骑士……请问要哪一种？”

“随便吧，不过我们只要一杯。”是女孩的声音，低沉而羞涩。

只要一杯？我皱了皱眉头，但还是打了一杯端上桌来。还没等我完全转身离去，便听见男孩“噗”的一声将刚喝下的一口咖啡悉数喷了出来。他面露痛苦地冲女孩嚷道：“娘哟，真苦！”

我抿嘴窃笑，但还是指着那盅冰糖告诉他们：“咖啡是要加糖的。”男孩尴尬地搓着手，女孩显然是误会我的意思了，顺手拈起一颗方糖麻利地塞进男孩的嘴里。男孩旁若无人地用舌头在口中将方糖搅动了一圈，然后带着几分陶醉与惬意对女孩说：

“快，你也尝尝咖啡加糖的滋味。”

这土老冒儿！我几乎要克制不住自己，失声大笑了。

女孩显然是感觉到了什么，脸一下子红了，仿佛一块红布蒙在她并不白净的脸上。她嗔怪地瞟了男孩一眼，男孩忽然像做错了事的孩子一般。怕我见笑，男孩连忙解释道：“俺俩明天就要起程回山东的农村老家结婚了，在离开这城市之前，俺俩也想像城里人那样喝杯咖啡，浪漫一回……”说这些话时，男孩一直用温暖的目光盯着女孩微微低垂的脸，直到女孩脸上绽开幸福的笑容。

我的眼睛忽然潮润起来。这杯苦咖啡里漾着的，不仅仅是苦涩，更多的是爱的甜蜜与馥香啊！爱情就是这样，喝的是什么，怎么个喝法并不重要，重要的是能在疲惫与紧张中让心灵靠岸，在苦涩中品出浓浓爱意与丝丝真情，这就够了。

原载于《深圳商报》

长达一分钟的初恋

文|朱国勇

17岁，娇俏水嫩，一个年轻得让人怦然心动的岁月。

她，白净秀美，常穿着清澈如水的校服，笑的时候很是腼腆，让你觉得，有一朵白云从山头悠悠飘过。可是现在，她脸色如纸，躺在冰冷的病房里，即将永远地告别这个美好的世界。一朵娇美的花，还没来得及开放，就已经凋零。

弥留之际，她双目直直地盯着病房门口，急促地喘息，喉咙动着，只能发出模糊的声音。那眼睛里，分明透着期盼。医生说，她可能有心愿未了，或者是想见什么人，想想，有谁没来看她？

妈妈流着泪水回答："都来了，该来的都来了。"爸爸说："一定是想她小姑了，小姑最疼她。"爷爷奶奶外公外婆小叔小婶，满满一屋的亲人，心痛而怜惜地看着她那张娇小的脸。

十多分钟后，小姑来了，一把搂住她，还没张嘴已是泪流满面。没想到，她的喘息更加急促，挣扎着，似乎想抬头。原来，小姑挡住了她的视线。

妈妈伏在她的床头，泪如雨下："孩子，你想要什么啊？"

就在大家束手无策之时，她的弟弟来了，手里拉着一个怯怯的单薄的男生。男生走到病床前，很局促地握住了她的手。阳光透过窗户照进来，温暖地映着他们青春的脸，纯美而羞涩。她的眼中掠过一丝欣慰，终于合上了双眼，嘴角扬着一丝微笑。

这个男生，是她的同桌。他们并没有早恋，甚至连过密的交往都没有。最亲密的一次，一帮男生女生去少年宫，他骑着单车带她。为了防止摔下来，一路上，她紧紧地抓着底座，他的腰，她看了几眼，没敢碰。可是，情感一片空白的她，弥留之际，他成了她最深的牵挂。她选择了他，来弥补未及绚烂的爱情缺憾。

“明天你是否会想起，昨天你写的日记……”多年之后，每当老狼的歌声响起，这个历经风雨已经结婚生子的昔日单薄的男生，依然有想流泪的冲动。

此世今生，她，成了他抹不去放不下的追忆和感动。他说，她是他的初恋。因为，在那恍如隔世的青春岁月里，他曾是她最放不下的深深牵挂；因为，在那长达一分钟的盈盈一握中，两颗年轻的心，曾那么柔美含羞地轻轻荡漾。

原载于《青年文摘》

年少情怀总是诗

文|朱国勇

人到中年，日渐坦荡从容，闲适得就如暖阳下偎在躺椅上的老人；而往事，却像调皮的孩子，不时跑来揪揪老人的胡子，让人一疼，又幸福着。

那时，我才17岁，一个年轻得让人遐思的岁月。我深情地爱着一个女孩，她叫莫诗诗，和我住一个小区。

相思了许久，终于按捺不住。在一个月华如水的夜晚，我大着胆子来到她的窗前。窗前，有一棵高大的梨树，正是四月，满树的梨花，雪白动人。一阵风来，圆月高悬，花雨纷纷，美得就如梦境一般。附近的高楼，除了稀稀疏疏的几个窗口亮着白光，其余的，已是寂静一片。

莫诗诗的窗子，幽暗一片。

我徘徊了很长时间，然后开始歌唱，是李琛的《窗外》。我唱得一般，但是却极动情，真正是用心在倾诉。两遍，或是三遍之后，莫诗诗的房间灯光一闪，亮了起来。一刹那间，我的心怦怦直跳。我喊莫诗诗，她不答应我。

我开始倾诉，用电视上看到，小说里读到的，尽一个少年能用的所有词汇，向她诉说着我的爱意。我越说越动情，多日来的相思苦恨，一时表露无遗。

而莫诗诗，始终一语不发。一闪，莫诗诗房间的灯，灭了。

周围很静，只剩下我的声音。我立在幽冷的月光下，固执地一句接着一句，我知道莫诗诗一定在听。说到后来，我潸然泪下。有凉凉的水气，打湿了我的发丝和衣袖。

“莫诗诗，今生今世，我一定要娶你！”最后，我抛下这句话，伤怀又懊恼地离开了。

行到拐角处，回头看，莫诗诗房间里的灯，亮了，又灭了。

从那以后，莫诗诗一见我，就红着脸低着头迅速跑开。

后来，我没能实现娶莫诗诗的诺言，大二那年，莫诗诗恋爱了，接着，我也恋爱了。但是直到今日，我仍然忘不了那个深情的夜晚，倒不是还爱着，只是不能忘也不忍忘，因为，那是一个少年最真最纯的初心，也是一个男人最纯美无瑕的记忆。

每年春节我都要回家看望父母，偶尔还会遇见莫诗诗。她的女儿和我的儿子在一起玩得很投机，有时，还玩过家家。兴致来了，莫诗诗还会拿我取笑：你那时还真痴情啊！只是把我吓得不轻，谁会半夜三更地乱叫啊。她咯咯笑得花枝乱颤，我呵呵一笑沉静不语。只有自己知道，曾经的那一份情有多深多重，而在她，已经淡成一件童年趣事了。

有许多往事，就如一汪清澈幽深的潭水，在灵魂深处一闪一闪地荡着波光，常于不经意间，让我们沉入其中，心魂俱醉。

原载于《意林》

真正的爱，在自己心间

文|尹玉生

那是一个忙碌的早晨，大约八点半，来了一位老人，年龄80岁靠上，他是来拆拇指上的线的，他急切地对我说，九点钟，他有一个重要的约会，希望我能照顾他一下。

我先请老人坐下，看了看他的病历卡，心下想，如果按照病历卡，老人应该去找另外一位大夫给他拆线，但至少得一个小时以后老人才能见到那位大夫。出于对老人的尊重，而且正好我眼下有一点空当，我决定由我来为老人拆线。

我拆开纱布，检查了一下老人手上的伤势，知道这点伤基本上已经痊愈，便小心翼翼地为老人拆下缝线，并为他敷上一些防止感染的药，然后我又细心地为老人包扎起来。

在治疗过程中，我和老人攀谈了几句，我问他是否已经和为他拆线的大夫约定了时间，老人说没有，他知道那位大夫九点半以后才上班的。我好奇地问道，那你还来这么早干什么？老人不好意思地笑道，我要在九点钟到康复室和我的妻子共进早餐。

这一定是一对恩爱老夫妻，我心里猜想，话题便转到老人妻子的健康上。老人告诉我，他的妻子已经待在康复室相当长一段时间了，她患上了阿尔茨海默病。谈话间，我已经为老人包扎完毕，我问道，如果你去迟了，你妻子是否会生气？老人解释道：那倒不会，至少在五年前，她就已经不知道我是谁了。

我感到非常惊讶，问道：五年前就已经不认识你了？而你，每天早晨还坚持来和她一起吃早饭，甚至还不愿意迟到一分钟？

老人慈善地笑道：是啊，每天早上九点钟与我的妻子共进早餐，是我每天的最重要的一次约会，我怎么能失约呢？

可是，可是她什么都不知道了啊？我几乎脱口而出。

老人再次笑了，笑得有点甜蜜，仿佛又回到了几十年前两人恩爱无比的甜蜜日子里，老人一字一句地对我说道：她的确已经不知道我是谁了，但是，我却清楚地知道她是谁啊！

听了老人的话，我突然想掉眼泪，我在心中默想：这种爱不正是我及很多人一生都在期望的那种爱吗？真正的爱未必浪漫，但一定是真挚的。真正的爱，在自己的心间。

原载于《环球时报》

神仙生活

文|魏振强

萧散当年所在的单位没什么油水，但闲暇时间却是大把大把的，除了每周三下午例会所有人必须点卯之外，其他时间爱干吗干吗。这样的单位你就是在外再兼一份工，也没什么问题，但没人钻这个空子，多数人是一副要死不活的样子。只有在周三的那个下午，他们蓄积一周的劲头才会迸发，在领导讲话之后，一帮子人就开始进入下一个程序，先是张牙舞爪地对骂，然后是动手——单打，双打，混合打，热闹极了。

萧散对这种吵骂比谁都深恶痛绝，原因是他的老婆每天在家也是这副德行，动辄喷出“没用的东西”或者是“嫁给你真是倒了八辈子霉”之类的辱骂，从无一点创新。无聊透顶的萧散，心下一横，把积攒多年的私房钱拿出来买了一台照相机，四处游走，拍乡村拍河流拍星星拍月亮拍虫子，有时索性躲在乡下，一连十几天不归家。他老婆跑到他单位找人，他单位领导再三打他的手机，得到的回答一律是：“您所拨打的电话已关机。”

萧散再次回到单位，是在一个多月之后，领导要给他记大过，他说，你也别麻烦了，我的大脑出了毛病，这是医院证明。他将一份托人弄来的证明递给领导，领导看着“长期抑郁，不能受刺激”之类的字样，立马换了个笑盈盈的面孔，说，你办个病退吧。

萧散要的就是这效果。

他又往家赶，刚进门，一连串他熟得不能再熟的辱骂声就像子弹般射过来，萧散很冷静地说，你别骂了，老子这么多年也受够了……萧散跟他老婆顺利地离了婚，条件是“净身出户”。

萧散后来在乡下拍照时认识了一个妇女，女人死了丈夫，带着一个十来岁的女儿，他看着妇女很贤惠的样子，她家的房子又那么僻静，就托人传话。女人说：只要他把我女儿当自己女儿，我就答应他。萧散让人转告：只要她收留我，我一定做个好丈夫、好父亲。

萧散每天跟着新妻子学着种菜、采茶、插秧、喂猪、养鸡。闲暇时，自己画图纸，在房子周围用石头码了围墙，栽种了一些爬墙虎，又从河道里拖来许多鹅卵石，在院子里铺了一条小石道，再栽葡萄树、橘子树，每天晚上收工时，就坐在院子中的石凳子边喝酒。

有一天，几个老同事跑去看他，一看到他的菜园就大呼小叫地冲过去，贪婪地采摘着黄瓜、西红柿、南瓜、茄子、辣椒，萧散的老婆做了个蔬菜宴，又用柴火烧了锅巴汤，几个人狼吞虎咽地吃光了所有的菜和饭。

客人临走时，又在老萧的屋子前后转了一圈，看着溪水潺潺，听着鸟儿啁啾，几乎羡慕得都要瞪出眼珠子来：老萧啊，你过的是神仙般的生活啊！老萧本想调侃一句“这得感谢你们”，但只是“呵呵”笑了一下。

原载于《中国新闻周刊》

一朵花的重量

文|魏振强

1925年，主持挖掘埃及图坦卡蒙陵的霍华德·卡特打开国王的金棺，他惊讶地发现，那具年仅18岁的国王木乃伊的前额上放着一个小小的花环，那是年轻的王后送给亡夫的。“最感人的恐怕是那些富有人情味的小花环”，考古学家的情感之弦被轻轻拨动了，尽管这里举目皆是皇家的奢华，但什么也没有这几朵枯萎的花美丽。花虽枯萎，却还能辨出颜色。这些花告诉我们，三千多年不过是像昨天到明天这样短暂的一瞬。

不妨想一想，三千多年，多少个日日夜夜！岁月的风尘中，多少金字塔被磨平了，多少河流干枯了，又有多少生命的灯火熄灭了。但一朵神奇的花，其“颜色”依然清晰可辨——这朵穿透岁月的神奇的花啊！

我们的目光不会停留于光灿灿的金子；在那束神奇的花环面前，它们已黯然失色。面对那花环，世俗的眼啊，你们此刻是否已经模糊？

年轻的国王是有幸的。在他鲜活的生命之树倒下的时候，他幸运的不是得到那些金子，而是得到了一束世上最珍贵的花的陪伴。隔着三千多年的岁月，我们已看不清年轻王后的容颜，但却能看到她模糊的双眼，她抽搐的背，她瘦弱的手……岁月的星空下，还有什么样的风景比她轻放花环的那一刻更动人？

真该感谢那位考古学家，他让我们看到了三千多年前那束最美丽、最动人的花。而对那位年轻的王后，我们除了致敬之外，还能做些什么？

人啊，得到一块或几块金子不容易，其实也不重要。但几十年的风雨人生之后，在我们的墓中，倘有爱人亲手放下一束花，我们还会孤独、寒冷、恐惧吗？

一朵花的重量，其实正是一颗心的重量。她，只能献给爱人。

原载于《读者》

唯一的公主

文|朱国勇

爱的枝头，开了两朵花。一朵花，结果了，人们称它作婚姻；另一朵，却最终凋零在岁月的风中，人们称它作爱情。

这是一个宜人的午后，湿润的海风吹拂着长长的海滩和几棵高大的椰子树。几只大大的海鸟，在远处优美地盘旋。人潮涌动，游人如织。但是偏偏不经意的，一回首，就看见了她，她也看见了他。一愣之后，就是微笑。他笑容温暖，她优雅如初。

他很绅士地指了指不远处那个雅致的咖啡厅，发出了邀请。

还有什么需要顾虑的呢？无非是一个经年的好友，缅怀一段静好的流年。

30岁，或许不能算老，但是对于有的事情而言，却早已经是尘埃落定的年华了。

一眨眼间，已经有整整14年没见了吧。

14年，对漫漫的人生而言，也许并不长，对于时间的长河而言，更是短短的一瞬；但是，对于一颗才30岁的心灵而言，14年的遥望与思念，却是太长了。

那时，他和她在一所中专学校相遇。他才16岁吧，本也聪明伶俐，只是一见到她，就手足无措，面红耳赤，连句话也说不周全。有多少次擦肩而过时，他都低着头，逃也似的快步走开，待她走远时，再抚一下包裹着乱跳的心脏的胸膛，对着她那美好的背影深深地凝望。一种别样的美好的情愫，就这样，如一朵花，悄悄在心头绽放。其实她是明白他的心思的。16岁，本就是一个年轻得让人怦然心动的岁月，一书一桌，一石一木，都能引发无数美好的遐思。情窦初开的心灵本就敏感，何况是他那么暧昧迷离的眼神。其实，他每一次遥遥地深情注目，她都看在眼里，也隐隐有一丝甜蜜荡漾在心头。

但是她并不爱他。她心中的白马王子，是那么潇洒不群，大气飞扬，哪能像他那么局促木讷……

微笑、携手、落座、倾诉、聆听……他的目光悠远，宁静，干净。他的声音从容，淡定，有一缕抹不去的沧桑。14年，他真的变了，变得沉稳而有魅力，就像一块璞玉，即使放在一个幽暗的角落，也静静地散发着晶莹的光华。

音乐如水，明朗的阳光穿过高大的落地窗斜射进来，柔柔地撒在他的面庞上。他目光坚毅，风度翩翩，侃侃而谈。

她笑言：“当初，你要是有这样的风采，我哪还能抗拒得了。”

他光彩照人的面庞一下子就写满了凄伤。“因为太爱，所以局促。”他的声音深沉而遥远，“在别的女生面前，我一直挥洒自如，妙语连珠。”

她原本平静的内心，一下子被深深地击中。她仿佛又看到了14年前那个哀怨深情彷徨的少年，终于懂了那一份纯情酸楚的无悔情痴。

沉默，喝茶。完了，各自还家。

情已逝，爱还在，只是在岁月中，已化作淡淡一痕，遥远而酸楚。

那天晚上，她忧伤地对五岁的女儿说了一句莫名的话：“你长大了，一定要尊重那些在你面前局促失态的男生。如果真的不能相爱，也一定要珍视，因为，不管你脱俗或普通，在他的心中，你是唯一的公主。”

原载于《意林》

午夜的声音

文|魏振强

赶一篇稿子，未来得及吃晚饭，写完后，心放下了，可前胸饿得贴后背，实在难受。已是午夜，这座小城的饭店早已关了门。思来想去，市中心的商场旁边有家大排档，也许那儿还开着。

街上已没了行人，偶尔一两辆车子驶过，发出的声音轰轰隆隆。街边的路灯，昏黄暧昧，似乎也有些困顿。我倒没有，除了饿之外，就是有点儿冷——冷风在呼呼地吹。冬天近了。

老远就看到红红的帐篷里发出的光，红红的，暖暖的。走近一看，男人趴在桌上打呼噜，女人胳膊撑着下巴，头一点一点地打盹儿。我有些不忍心，想转身离去，又有些犹豫，也许是风打帐篷的噼里啪啦声惊醒了女人，她睁开眼，冲着我笑了。

我往里走，她忙不迭地往外走，然后是一句轻轻的话：师傅，吃什么？

我也小了声，说：炒两个菜，我想喝点儿酒。女人望着我，笑了，不好意思地笑，说：师傅，跟你商量，能不能烧个火锅，不炒菜？声音还是细细的。

我以为是没炒菜的料了，随手翻看了案板下面的篮子，里面的肉、鱼、干子、辣椒还多着呢。我有些不解，问了一句：怎么不炒菜呢？没想声音大了点，那男人趴在桌上的手动了动，身子也歪了歪，披在身上的碎花棉袄滑落到地上。

女人踮着脚走过去，捡起花棉袄，轻轻地盖在男人身上，又牵了牵下摆，想盖住男人的腿，可没能成功。棉袄小了些。

我有些不好意思。女人走过来，回头又望了望男人，也有些不好意思：我怕炒菜声把他吵醒了。女人的话依旧很轻，能被风吹走。

我明白了。我示意女人烧火锅。女人朝我笑了笑，说，你真是好讲话。我也笑了笑，然后在边上看女人做菜。

火锅烧好了后，女人轻轻地将其捧到桌上。男人的呼噜在另一张桌子上和着火锅的声音响着。女人笑着说：真会睡呢，他半夜去帮人拉货，没睡好。我说：怎么不让他回家睡？女人说：他犟呢，偏要在这睡，说是半夜三更怕我一个人怕呢。

女人说这话时，脸上爬上了一层红晕。

我喝酒时，女人坐在我对面，向右斜靠着。可以看出来，朝那个方向，看她的男人肯定最方便。她偶尔问我一句，味道是不是淡了点，要不要加块豆腐，我摇头笑笑，她也笑。

女人再没言语了。她不时地走过去，拽拽棉袄的角，然后又轻轻地坐下，还是右斜靠着，目光在男人的身上扫来扫去。火锅在响，男人的呼噜在响，响声中，我仿佛听到了另一种细微的声音，那是女人的目光落在男人身上的声音吧。

原载于《扬子晚报》

梁启超为何训斥徐志摩

文|李丹崖

1926年七夕，深陷爱河里的徐志摩和陆小曼决定订婚。而作为徐志摩的父亲，徐申如却对这段婚姻并不看好。知子莫若父，他深知儿子是个多情的孩子。11年前，徐志摩曾和张幼仪结婚，并育有两子，七年后，这段婚姻中道崩殂。此番徐志摩又要再婚，且再婚的对象陆小曼也是个有过婚姻经历的人，前夫乃是美国西点军校毕业的高才生王赓，两人结婚后仅仅才半年就“闪离”。提起这样两个人的结合，徐申如心里很不痛快，但耐不住儿子一往情深，只得勉强同意。

然而，这份同意是有条件的，徐申如对儿子徐志摩说：你必须答应我三个条件，方才允许你和陆小曼结婚：一、结婚费用自理，家庭概不负担；二、婚礼必须由胡适做介绍人，梁启超证婚，否则不予承认；三、结婚后必须南归，安分守己过日子。

以上三条，徐志摩信誓旦旦，悉数答应，于是这婚姻路才算起程。

作为证婚人，梁启超对这对新人似乎很有意见。首先，徐志摩是梁启超的爱徒；其次，他和陆小曼的父辈也颇有交情。看到两个在婚姻上都栽过跟头的人又要草草结婚，梁启超这个证婚人的证词仿佛并不好听，他说——

我来是为了讲几句不中听的话，好让社会上知道这样的恶例不足取法，更不值得鼓励——徐志摩，你这个人性情浮躁，以至于学无所成，做学问不成，做人更是失败。你离婚就是用情不专的证明！陆小曼，你和徐志摩都是过来人，我希望从今以后你能恪遵妇道，检讨自己的个性和行为，离婚再婚都是你们性格的过失所造成的，希望你们不要一错再错自误误人，不要以自私自利作为行事的准则，不要以荒唐和享乐作为人生追求的目的，不要再把婚姻当成儿戏，以为高兴可以结，不高兴可以离，让父母汗颜，让朋友不齿，让社会看笑话，让……

梁启超还打算往下说的时候，婚礼上的徐志摩终于按捺不住，赶忙打断梁启超的话说：恩师，请为学生和高堂留点面子！

这时候，梁启超方才想起还有双方父母的面子在，不好再说，只好草草总结说：总之，我希望这是你们两个人这一辈子最后一次结婚！这就是我对你们的祝贺！我说完了！

这段证婚词一出来，弄得徐志摩相当尴尬，要知道，梁启超在当时是泰斗级的人物，在婚礼上如此教训自己的爱徒，影响之大，令人瞠目。其实，梁启超之所以这么做，与徐志摩和自己准儿媳林徽因的情感并无关系，而是因为梁启超本人非常推崇一夫一妻制，把婚姻放在爱情的至高位置来看待。

梁启超和长他四岁的妻子李蕙仙结婚之后，一辈子恩爱有加，只吵过一次架，这次吵架还让梁启超直到多年后仍懊悔不已。梁启超和李蕙仙结婚后，由于李蕙仙身体不好，自觉愧对梁启超先生，就有意让自己的贴身丫鬟王桂荃给他做侧室，先开始，梁启超死活不同意，直到多年后，夫人李蕙仙辞世，梁启超才肯在人前公布这段婚姻，而当时的名士又有哪一个没有几房妾室？对爱情和婚姻的无限忠诚和敬畏，恐怕就是梁启超在徐志摩的婚礼上毫不留情的原因吧。

原载于《东方教育时报》

轮椅上的梦

文|王治国

梦是他的女友。经过四年如胶似漆的相恋后，他俩商定在相识四周年的纪念日结为伉俪。

等待中的每一秒都被甜蜜包裹着，他俩幸福得有些窒息。仅剩下最后两天的时候，一场灾难突如其来：他在外出的时候，不幸卷到了车轮底下。

他在医院昏迷了两天两夜。闻讯而来的梦也两天滴水未进，一遍遍呼唤他的名字。他奇迹般地苏醒过来，却无一点劫后余生的庆幸——为了保住生命，他高位截瘫，从此成了一个废人。

一夜之间，这世界变得如此陌生而狰狞。

接下来的日子，便是两人各执己见但又毫无结果的互相说服。梦请求他让她照顾他一辈子，而他却不愿拖累心爱的人，坚决劝梦另嫁他人。终于在一场重复的争执中，他粗暴地扬起手重重地打了梦一记耳光，然后冷漠地把脸扭向窗外。

这是他第一次打她。梦哭着从床前跑开，再也没有回来。后来听说她嫁到了邻市，过着并不幸福的生活。

最初的日子里，他像被抽空了似的，神情恍惚，僵若木俑。好长一段时间，他才渐渐习惯轮椅上的生活。心情好时，他尝试着帮母亲缠缠线，或者替父亲修修指甲。更多的时候，则是他一个人把轮椅摇到阳台上，面对窗子一待就是半天。谁也不知道他在想些什么。

他的脸上重新露出了难得的笑容。那段梦魇般的日子似乎已经远去，好像什么也没有发生过。

两年多以后，一场持续不退的高烧诱发急性脑膜炎，夺去了他原本脆弱的生命。其实，他是完全可以躲过这场劫难的，只是他怕给家人带来更多的麻烦，便瞒着家人，自己硬撑着，以致延误了治疗的最佳时机。

他走得很安详，躺在轮椅上，像个熟睡的孩子。

闻讯赶来的邻居们，准备把他从轮椅上抬下来时，他的双手却僵死地抠在轮椅两侧的扶板上。扶板下面，凹凸不平。人们好奇地把轮椅翻过来，赫然入目的，是两个被手指抠深、磨光的“梦”字——是女友的名字！

他是我的邻家大哥，名叫苏放。那被手指磨出“梦”字的两块扶板，一块被闻讯赶来的梦哭着带走，另一块就挂在我书桌对面的墙上。

原来，爱是如此刻骨铭心，即使无法言说，也可以一笔一画地在时光深处刻画出深深的怀想和思恋。

原载于《枣庄晚报》

第七章

如果还有来生

如果有来生，下辈子你还愿意娶现在的妻子，或者嫁现在的老公吗？

弱水三千，只取一瓢，知足才能常乐，大概婚姻也是如此。假如人生真是一部故事片，我希望下辈子再拍一部续集，女主角不变，男主角也不变。

墙和墙说什么了

文|冯俊杰

一面墙和另外一面墙都说什么了?

不知道啊!

答案要在好多年后告诉你……

以前，小女孩总是羞涩的，总是什么都不明明白白地说。

爱要大声说出口，爱真的需要勇气。有勇气的人手牵了，吻接了，甚至更亲密的事情都做了。没勇气的人咋办?

天啊。只好曲曲折折了。那天放学，拖着书包，直奔花店，我要一枝最漂亮的玫瑰，请把它拿给我。明天过节，什么节日?嘿嘿，我不知道是什么节日，但是我要把玫瑰送人。

玫瑰也送了，你还要怎么样，女生的心怎么这样难猜。嘴巴上拼命地说没事情没事情，但是眼睛恶狠狠瞪着你。

她问：明天上哪里玩?明天为什么要玩?后天不是还有考试，一堆模拟试卷没做?不玩。

这样，我打个谜语你猜好不好?你说，你说!

昨天我看书，有个谜语好难猜，你也猜猜看。墙和墙说什么了呢?温温柔柔的，眼神闪亮，好像四个季节一起来了。

什么?不明白。我大摇其头。那你慢慢想吧!猜不出就别来找我了。

本来一个温柔的女生又变得恶狠狠了。她抓着气球跑掉了，在巷口回头看了一眼，然后是两天的没联系。

第二天什么活动都没有，因为我脑袋要想破了都不知道到底谜底是什么。所以我也没约她。后来呢？后来她是她，我是我。错过了就错过了。

墙和墙说什么了呢？好多年后我才知道。谜底是：在拐弯那儿碰头啊。

我忽然明白得彻彻底底，难过得无限欣喜，那些美好的往事，就这样让我自己慢慢猜吧！我已经知道答案了，但是我会一直猜下去的。其实猜中了，也不一定就会怎么样。

有时候忍不住，自己对自己傻笑，在心里悄悄地重复演习：小女孩问小男孩，墙和墙说什么了呢？在拐弯那儿碰头啊。

曾被爱过，也很幸福。怀念，也许比相见更加美丽。

原载于《都市心情》

如果有来生

文|姜钦峰

如果有来生，下辈子你还愿意娶现在的妻子，或者嫁现在的老公吗？

快下班时，同事突然抛出这个问题，宁静的办公室顿时开了锅。“这还用问，肯定不会娶现在的老婆，互相看了几十年，如果下辈子还要在一起，烦不烦啊？”某男旗帜鲜明，理由充分。某女顺势接过话茬儿：“当然要换换口味，说不定能找个更好的。”众人七嘴八舌，畅所欲言，反正家里那口子听不到，用不着遮遮掩掩，只管实话实说。

各人动机虽有不同，但结论完全一致：坚决换人。轮到我最后发言，我说不打算换人，如果真有下辈子，还是将就着过吧。众人大笑，集体送我四个字：“傻帽！虚伪！”我承认，自己或许有点傻，但绝不是虚伪。

想想现在的妻，其实好处真不少：勤快、做得一手好菜、知道我爱吃什么、无条件支持我的事业、从不拿我与更优秀的男人相比……当然，她的弱势同样明显，毛病也挺多：论身材容貌，比她漂亮的数不胜数；论学识才华，谈不上秀外慧中，与大家闺秀相差太远；论性情，有时她也蛮不讲理，爱耍小孩子脾气。恐怕有人要问：既然如此，如果下辈子有机会，那你为什么不想换一个更完美的？

要说不想，那绝对是假话，但我也不糊涂，知道世上人无完人。如果给我重新选择的机会，不外乎两种结局：也许能找个女明星、亿万富婆或者某国公主，从此可以不劳而获，飞黄腾达；但也极有可能抱个绣花枕头或者母夜叉回家。好坏概率各半，全凭运气，就像炒股，高收益的同时也意味着高风险，有人一夜暴富，也有人跳楼上吊。如果我还娶现在的妻，以上风险便荡然无存。小心驶得万年船，就像现在，衣食无缺，结发夫妻平淡到老，有什么不好吗？

来生的事，且留到来生再说，天知道有没有下辈子。可有些人，偏偏今生就等不及了，蠢蠢欲动，总想趁有生之年领略一下外面的美景。城外的故事，总是惹人艳羡，充满诱惑，让人浮想联翩。究竟是外面的世界太精彩，还是城里的故事太无奈？

都不是，多半是好奇心作祟。有个段子，说的是某人高度近视，偏偏好奇心严重。某日，此君走在路上，突然发现对面院内的墙上写了一行红字，但是隔得太远看不清。为了看个究竟，他翻越围墙，好不容易爬进去，走到跟前，终于看清："有电危险，请勿靠近！"这位仁兄算是命大，赶紧原路撤回。婚姻的城墙一旦翻越，再想回头，恐怕为时已晚。

我有个朋友，事业有成，却总是对城外的风景充满好奇。前不久，他又打响了第三次离婚大战，硝烟仍未散尽。见他一脸憔悴，惨不忍睹，我问他有何感想。他摇头苦笑，顺手指着自己的车说："瞧见没，假如婚姻就是这部车，那么夫妻都是车上的配件——当然还是原装的好。"我笑。他也笑，满脸无奈。难怪有人感叹，离一次婚就像撞一次车，经历了三大战役，朋友这部车子几近报废。他在外面兜兜转转，绕了一大圈，到头来，却发现还是"原装的"好。早知如此，何必当初？

都是好奇惹的祸。

朋友自嘲说："兄弟，你会写作，觉得我的故事能不能写成一部电视剧？"我笑而不答。虽说人生如戏，但人生毕竟不是戏，不像一张影碟，你不耐烦的时候，可以快进，一旦发现错过了精彩片段，还能倒回去。错过了便是错过了，如果你试图穿越时空，勾住过往的美丽，那么你又错了。时光不会倒流，没有多少爱可以重来，与其后悔终生，不如珍惜当下。

弱水三千，只取一瓢，知足才能常乐，大概婚姻也是如此。假如人生真是一部故事片，我希望下辈子再拍一部续集，女主角不变，男主角仍是在下。不为别的，起码风险不大，想必妻不会反对。

原载于《武汉晨报》

爱的递进式

文|陈全忠

遇上一个人

一个过来人，也是我的一位良师，对我说，要珍惜，要珍惜！珍惜你爱的人！

因为遇上一个你爱的人，是多么偶然！据说，在这个广袤的世界上，一个人与另一个人相遇的可能性只有千万分之一，成为朋友的可能性大约是两亿分之一，而成为终身伴侣的可能性是五十亿分之一。

遇上一个你爱的人，又是多么不容易！在爱上她之前，我一直在等待。在人群中，找了她好多年，那是一个个多么孤独的日子；在爱上她之前，我在心中千万遍刻画她的形象。我知道这个世界上必有她的存在，必有她成为我的一半、我的太阳，必有她容纳我并拥抱我的一切。我知道她在前方的某个路口某个站台等我，然后出其不意地走过来，出其不意地和我相识相知。就这样，我很孤独很快乐地走在这条路上。就这样，我们在某个黄昏或某个雨后相逢，不是太早，也不是太晚。在岁月的记忆中，没有留下“恨不相逢未嫁时”的遗憾，也没有留下“嗨！你也在这里吗”的轻叹。就这样，我拉着她的手，拉着这美丽的孤独，不需要言语与言语的叙述，仅仅是意念与意念的融合，我们便获得了永久。这是多么难得！

因此，要珍惜！

爱上一个人

一天晚上，一个读过我文章的笔友打电话问我：“爱上一个人是什么感觉？”

我想起周国平说过的一段非常贴切的话，那正是我想要说的话。他说，爱一个人，就是心疼她，怜她，宠她。心疼她，因为她受苦；怜她，因为她弱小；宠她，因为她这么信赖地把自己托付给了你。

爱是一种多么深沉的依恋，又是一种多么无休止的挂念啊！你爱她，便牵挂她，而且牵挂得近乎神经过敏。在你眼中，她永远比你甚至比一切世人都要脆弱，唯有你能洞察她强韧外表掩盖下的脆弱。你在大风中行走，无端地便担心她住的地方是否安稳；你在屋里听到雨声，没理由地便猜想另一个城市中的她出去是否带上了雨伞；你在睡梦中惊醒，莫名地便忧虑她在旅途中是否平安。爱一个人，就是这种满腔柔情，水漫肺腑的感觉啊！

以前，有人不断地追问我：韶华易逝，红颜易老，现在你爱她年轻时的容颜，将来你会继续爱她备受岁月摧残的面貌吗？你爱上她时，她是你眼中最漂亮的，可现在你发现周围有更多比她更漂亮的，你确信自己真的爱她吗？你确信自己是世界上最爱她的人吗？

是的，我爱她。以前，我爱她的美丽，清纯，温柔，贤惠，聪明。现在我更爱她。我把她当作一个独一无二的生命来爱。爱她整个的人，爱她独一无二的心，疼惜她的孩子气。美丽，清纯，温柔，贤惠，聪明在别人身上也能找到，但她的生命在别人身上无法重组或再生。我现在愈来愈感觉到，她是我生命中多么不可分割的一部分。

爱一个人，就爱她的全部，爱她的整个生命，不挑剔，不因岁月的流逝而变迁。

爱上一个人的世界

生命纯属偶然，一个生命要依恋另一个生命，二者相依为命，结伴远行。因为爱你，我才知道在这个世界上，人是多么孤独的漂泊者，彼此要相依相靠；因为爱你，我才知道这个世界需要珍惜和感激；因为爱你，我学会了平等待人，平静看事，和世界和平相处；因为爱你，我才更加理解这个世界从而更爱这个世界。

后来，你走了。我依然记得你。记得你的笑，记得你的好。我把相爱的一切当作一个美好的梦来重温。记在心里，写在字里。你应该庆幸，爱没有让人走向偏激和毁灭，而是走向豁达和圆满。读懂我文字的人也读懂了爱，我把我感受到的那份爱回馈给了世界。

那位叫贝多芬的老人，他把他在爱中受伤的心融在音乐里，让整个世界的人从他的音乐中感受到爱。有一位画家，她将现实中未完成的爱铺在画布上，让所有看画的人感受到了爱的温暖。真爱不会让人走向冷酷。爱过一个人，没有成功和失败的区分和评价，只会感觉生命中留下的温暖，像燃烧的火把，照亮余生。

爱一个人的世界，这个世界也温暖。

原载于《中国青年》

大爱无己

文|冯俊杰

林徽因是幸福的，也是情怀激荡的。这样一个女子，豪情万丈，热烈追求自己的感情生活，不去介意那些世俗偏见。

她是个多情而深刻的人，也是一个美丽而才华洋溢的女子。身边爱她的人无一不是大名鼎鼎，一干人等却都对她痴迷崇敬。

林徽因是一代才女，诗歌散文杰出不凡。《人间的四月天》这样的小寄托诗歌也很优秀。梁思成是才子与名人之后，金岳霖是大学者。金岳霖爱了林徽因整整一生，数十年始终守望。不过，林徽因却是梁思成的夫人。以致有“林徽因修饰梁思成，梁思成修饰林徽因，金岳霖润色”的赞誉。

其实在他们之前还有一个绝代的诗人，那个写着再别康桥的俊美男子。那个柔情的孩子气的男子，同样迷恋上了她的美。在那个慌乱心情下，他为爱伤害，但是却始终不忘记她。直到去世。金岳霖，是一辈子的关爱。

他们三人简直成了不可分割的一体。金岳霖因为爱恋林徽因而终身不娶，从青年到晚年，几乎是“逐林而居”，梁家住在哪儿，他也前院后院地住在哪儿。

一天，林徽因哭丧着脸对梁思成说，她苦恼极了，因为她同时爱上了两个人，不知怎么办才好。梁思成则想了一夜后说，你是自由的，如果你选择了老金，祝愿你们永远幸福。

梁思成曾经对人说："当林徽因把我的话告诉老金时，老金的回答是'看来思成是真正爱你的，我不能去伤害一个真正爱你的人。我应该退出'。从那次谈话以后，我再没有和徽因谈过这件事。因为我知道老金是个说到做到的人，徽因也是个诚实的人。后来，事实证明了这一点，我们三个人始终是好朋友。我自己在工作上遇到难题也常去请教老金，甚至连我和林徽因吵架也常要老金来仲裁，因为他总是那么理性，把我们因为情绪激动而搞糊涂的问题分析得一清二楚。"

在金岳霖八十多岁时，在林徽因死后，有一年，他在北京饭店请了一次客，老朋友收到通知，都纳闷：老金为什么请客？到了之后，他才宣布："今天是徽因的生日。"一生挚爱不改。

爱一个人爱到这样，我们无言而沉默，敬佩和感怀。

而我，也在这样的故事里，读到了对爱的最高定义。爱走到了最深厚的地步，就如同歌词所写，"幸福着你的幸福，悲伤着你的悲伤"。

他的爱，让被他爱的人坦荡而光明，当作骄傲而不是羞愧。

世俗当中永远不会结合，但灵魂上的牵手，已经完成了爱的全部过程。

原载于《意林》

天空那么蓝

文|冯俊杰

很小时候，她有一个亲密的长姐这样告诉她：对男生啊，多考验。考验他的真心，考验他们的爱情。如果，一个男人为女人落泪，那就是爱你的最大证明。

长姐说话的时候带着怨恨，那本是她自己的经历。她相信自己经过的事情。别人的故事，总是对小小的孩子特别有影响。

她记得很牢固。

许多年后。

她在大学遇见了她的他。他性子温和，但有胃病。他们一起牵着手去吃东西，去打发最闲散而美好的日子。她撒娇加发脾气，他爱清淡，她便故意点上四川麻辣品味的饭菜。然后他会气得胃疼。那是她在考验他。那时候，他和她，都不过十八九岁。爱情很好，甜美无比。

他容纳忍耐了她很长的时间。其他的问题慢慢显露出来。

他不过无意看了别的女孩一眼。她脾气就上来了。于是好好的约会天翻地覆。你不爱我？你不爱我！她看着他气鼓鼓，眼泪直掉。他开始胃疼，一边安慰她一边抚着自己的胃。

终于一次，因为她生病，他们去了医院。还是同样的烦恼。她一气之下折磨自己，病得很重。他也不好过，在病床边守着她。此时的他骤然地情绪激动，胃病又犯了。急痛攻心，他的眼泪居然冒了出来。她终于看见他的眼泪。她欢喜了，她终于肯定了他的爱，她觉得自己在这件事情上，做对了。

那次之后，他开始疏远她。她开始惶惶不安了。谁能够告诉我，到底怎么了，他不是爱我吗？她问着自己。她没有其他人可以去问。其他人，就算有答案，也不过是客套话。因此她找不到答案。

她于是亲自问他。他说，他爱上了另外一个女孩。和她一个宿舍的最一般的女孩。她觉得石破天惊，无论如何，那个女孩都不如她。除了，那个女孩会安静地抚慰一个可怜的男孩的心。我们分手，好吗？他神情酸痛无比。

不是不曾爱过。只是，性格不合吧！她在失去他以后，一再地怀念那天他流着眼泪说的话。一点点，回忆自己的性子。还是小孩时，说着不，来要求爱。

哭，大人会来逗你笑；吵，大人才会买糖果给你；生病，大人会对你很好。

有时候，相反的方式却达到了自己的目的，这样得到了许多，渐渐习以为常，渐渐以为是理所当然。但是，爱情不是亲情。亲情可以无限包容。爱情是对等的，是相互付出的。你得到的爱，在最后，永远等于你付出的爱。

只是，现在才明白，原来真正会得到欢喜的，是会笑的人，是不会彼此折磨的人。在长大以后。终于，自己也忍不住流泪。爱，有彼此的呵护，才能够成长并且延续。

一个女孩流过了泪，然后心平气和地看着头顶的蓝天，微微地笑了。

原载于《都市心情》

爱情预习

文|冯俊杰

他和她相爱的时候年纪很小。

他是一个小小的男生，她喜欢上了他。她是个跟他差不多大的女生。从中学的时候，他们就开始恋爱了。大家都说，你们谈爱情，还早。也许一切等到上了大学就好了，那个时候你们的年纪足够让自己为自己的爱情承担。但是他和她哪里能够听得进去。从左边耳朵进去的话，从右边耳朵出来，风吹一吹就散了。他照样是拉着她的手，走过长长的街道，觉得非常快乐。

就跟三毛的歌词一样。“记得当时年纪小，你爱谈天我爱笑，有一回并肩坐在树下，我们不知怎么样睡着了……”

后来，站在教室外，两个人的家长都是怒气冲冲：“你们的爱是错的。”错了？爱也有错不成？当然，他们还不过是两个学生而已。

两个小小的孩子仍然一味去爱，把其他的事情都抛到脑后去。爱，就要奋不顾身。这句话是他在什么地方看见的，或者听过的。他没有想过那是什么人说的话。他忘记了自己的理想，她也忘记了自己的将来。原本成绩不错的两个人，双双高考落榜了。他们爱是爱了，只是没有一起进步，而是一起退步。别的同学喜悦地走过他们身边。

爱情本是美好的，为什么这样痛苦？两个人迷惑不解了。

最初是相互抱怨，他当然含着眼泪忍耐。她哭着哭着，难过得一发不可收拾。懂事之前，情动以后，这中间有一段时间的落差。落差里，他们根本就不懂得什么是爱，也不知道爱了以后出了问题，应该如何去解决。

漫长的夜晚，还有辗转的反省。在其他人离开教室时，他们两个人留下来，相互确认着一个感受：爱，不仅仅是一起开心就好。

下一年的开始，他再约她出来，他牵着她的手，非常用力，他说：我们一起复习再读一年，好吗？她点头。

他们用另外一种方式修复爱情和人生，用两个人彼此之间的支持。

他们一起进了大学。很幸运的是，还是一所大学。后来，他们喜欢拿一首歌曲取笑对方：记得当时年纪小。不过这个时候他们已经不小了，经过一些事情后，彼此懂得了爱的意义。

这个过程，也就是爱情预习。

在许多其他的人带着幼稚园小朋友的水平去爱的时候，就是恋爱一场乱爱一场，难免有各自痛苦的时候。他们却因为那一次预习，明白了应该不断地在爱当中学习。他们是这样相互承诺的："即使有一天分手，我们也要笑着说再见。虽然难过，也不要用仇恨去伤害对方。"

爱情本没有错，爱情本是一个人成长的必修课，错的是我们爱过却对爱的真谛一无所获。爱要来和走，谁都无法强求和挽留。但是每一段爱情，都应该是下一段的预习。有所思有所成长。

原载于《都市心情》

受伤了要找红药水

文|冯俊杰

我对一个失恋的好朋友很不放心，周末，决定还是和其他几个朋友一起去看望她。因为失恋，她连工作也辞了，我们的集体活动也不参加了。

她懒懒地招待大伙，怠慢得不行：你们自己倒水，冰箱里有点零食，我回房间先休息了。

等她关上门后，我们都苦笑了一下。饮水机也早就空了，都看见细微的绿色，冰箱空荡荡的且一股霉味。

哎哟一声，有个朋友阿溪不小心划破手指。她的沙发上不知道散落了什么小东西没清理。把她叫了出来，问：你这里有没有红药水？

她一怔：哦，我去找找。

东翻翻西翻翻，没找到，面对久未收拾的房间，主人也没了头绪。阿溪皱着眉吸着气道：算了，算了，伤口不大，自己会好的。她一听，接口道：这怎么行，不行啊，你是一定要擦红药水的。坐等伤口痊愈很慢的，不小心还会感染发炎，严重了就很难收拾。

大家都笑了，我对着她说：是啊，谁不会受伤，受伤了自己就得去找红药水。有的人说别人时很厉害，自己怎么就忘了呢？她低头不说话了。

大家告辞的时候，她居然打起精神将大家送到了门口。在门口犹豫了一下，她说道：大家有什么活动记得叫我，我也要去的！

大伙随后组织了几次小型出游活动，把消息发到了她的电子邮箱去。小型出游活动中，她的身影出现。第一次还很迟钝，一个月后第五次时，她讲起了笑话，逗得大家哈哈大笑。忽然有一天她就消失了。稍后有一天，统统接到她的电话，她说自己已经到了阿姆斯特丹，给一个杂志拍摄插图。那是她一直的梦想，她说她忽然很有动力去实现它。

我接到电话的时候问：还好吗？

她说：很好。

我问：很好吗？

她那边传来笑声：是啦，我的那个伤口，擦了很多很多的红药水，好差不多了。

原载于《都市心情》

谁不吻我，我爱谁

文|冯俊杰

安和会为她端饭，摆筷子，然后夹菜，安和是她温和老实的男朋友。她身边的朋友们都夸奖说她走运，捡到这样好的一个情人。一定要好好珍惜啊。可是，她并不想享用他的温柔，觉得这并不是她想要的。

她有一个很大的遗憾，虽然安和可以主动为她做任何事，但从不主动吻她。好几次，都是她这个女孩先去吻他，他才有所回应。这让她觉得他既不像情人也不像朋友，而像一个保姆。她，她不想要一个保姆。很快，她和安和说了分手，他在愕然当中没说同意也没说不同意，只是自己走开了。

她不管那些，改选了陈风作为自己的新男朋友。陈风是另外一种男子，向她打招呼时的眼神，仿佛就已经把她热烈拥抱住。他用玫瑰细数对她的情。她骂他厚颜无耻，却是笑意绵绵的。在失神的瞬间，她被他异常老练地吻住了。

她想，谁吻了我，我就爱谁。陈风的举动，像一个洞悉浪漫的王子，了解她的内心想法。从他吻她开始，他们开始情不自禁，于是也做了爱情中的事情。

但渐渐她没了把握，她想要一个答案了。她想她把自己给了陈风，应该要一个承诺。

没有想到。“只要两个人开心就好了。”他的回答这样随便。

她像是发了疯似的纠缠陈风，陈风远远逃离，躲避到她找不到的地方。

几次之后，她感觉自己疲倦到极点。为什么，就是找不到一个好情人。在深夜两点，她在熟悉的地方抱着肩膀来回地走。她拨了安和的号码，听到接通后就收线。他果然来了，最后留在身边陪伴的人，是“保姆”，而不是“王子”。

爱得亲密，太随便了，爱也就随便了。有时候，你所迷恋的热情，等不到你数完一个季节的天数，就可以掉头而去。

有时候，一个真正爱你的男孩，和一个保姆之间，也许真的很难区别。有时候，一个爱你的人会把某些事情放到以后再去做。

她明白得太迟。安和把她送回住所，然后一个人走了。他的背影很孤单。她知道他不会回来了，从他的尊严被伤害的那一刻开始，她就输了。如果还有以后，她想，她知道该如何去选择了：谁不吻我，我爱谁！

原载于《武汉晚报》

玩偶之家

文|冯俊杰

在床的尾端柜子上，有一对笑面陶泥娃娃，穿黄衣的和穿红衣的相对站着。

所有人都看得出来，他们是一对，生来就是一对，很恩爱，很恩爱。

黄玩偶是男孩。这个男孩子的心底藏着一个大秘密。但是他不会说，说出来就没意思了。他这样认为。

红玩偶最好不知道。

黄玩偶其实还有另外一张脸，也许是捏造他的手艺人捏的时候多了一个心眼，黄玩偶这样想着，笑得越发窃喜，第二张脸对着面前的绒布鼠，笑得也更加多情。在红玩偶睡觉的时候，他们之间发生的故事，光是去想象，也会觉得一定是很复杂很刺激的。

即使红玩偶没有睡觉，和她说着甜蜜蜜的情话时，第二张脸也在对着绒布老鼠眉目传情。黄玩偶觉得自己是幸福的，看，他同时拥有绒布鼠和红玩偶的爱。

红玩偶不会发现的。黄玩偶想，我也不会让她发现，就这样，多好。如果不发生意外，也许黄玩偶永远都是幸福的。

那天晚上，寂寞的主人带着寂寞的表情，左手拿着黄玩偶，右手拿着红玩偶，让他们额头轻轻碰着额头，嘴巴轻轻亲着嘴巴。红玩偶是在笑，黄玩偶的快乐简直要使他的灵魂飞出身体。继续下去，继续下去……黄玩偶在心底祈求主人。

黄玩偶还猜测，主人必定失恋，不然不会这样喜欢看着他和红玩偶笑眯眯地亲热。看着两个笑眯眯的玩偶娃娃亲热，任何感到寒冷的人，心里都会温暖起来。

当主人终于脸上也浮现温暖的笑，陷入美好回忆时，出了一点小小的意外。主人无意识地，把红玩偶转了个身。

她！红玩偶，居然也有第二张面孔？因为转得太忽然，红玩偶的脸上还停留着先前的表情和笑。那是一种意味深长的笑。在红玩偶的对面位置上，是木头杯子。

黄玩偶瞬间明白，那表情和笑，不是给他的。但那微微的暧昧，同他看绒布鼠的表情一样。黄玩偶想哭，但却哭不出。

有第二张脸，原来不是他的专利，也不是他的特殊权利。他有，为什么她就不能够有？原来我们都是双面娃娃，黄玩偶心情黯然沉到谷底。

如果你有着另外一张面孔，那么你的爱人也会有另外一张面孔。他不曾说明，她也不会说明。黄玩偶想：如果一开始，我就只有一张脸，红玩偶是不是只爱我一个？

原载于《东西南北》

爱到深处需回头

文|王治国

男孩要到山外很远的地方打工。一大早，女孩去送他。

女孩和男孩同住一村。女孩家境还算不错，但她偏偏喜欢上了从小没爹、穷得家里已揭不开锅的男孩。男孩人很忠厚，少言寡语的。她不图别的，只求他爱她。但女孩的爹却不是这么想，他想给女儿找一个殷实人家做婆家，他不想让女儿跟穷得叮当响的男孩一起受苦。

男孩的处境很尴尬。男孩便想到山外去打工，等挣到足够的钱后回来娶她。

男孩把这个想法说给她听，女孩的眼窝子里便溢出了晶莹的泪花。女孩不想让男孩走，但现实让她毫无办法。其实，男孩也不想离开那个有她的穷山窝。但谁叫他是男人呢？是男人就要为心爱的人撑起一片天。

女孩送男孩爬过一座又一座山，拐了一道又一道弯。再往外，便没了人烟。男孩拧了拧鼻子，对女孩说，别送了，你就回去吧。

女孩停住了脚，但没有动，眼里噙着泪。

男孩看出了女孩的心思，说，我要到大城市去了，你要高兴才是哩。

女孩便勉强地笑了笑。

远山如黛。男孩望着从脚下绵延到山外的那条弯弯的山路，神情幽凄地对女孩说，等我挣到很多的钱时，我们就能在一起了。

女孩用牙齿咬住嘴唇，使劲地点了点头，把手中的包递给男孩的同时，不争气的泪水还是断了线似的滚落下来。

男孩仰天长叹了一口气，泪水开始在眼眶打转。但男孩懂得“男儿有泪不轻弹”的道理，便咬了咬牙，从女孩手中接过背包头也不回地走了。

男孩脚步如飞，他怕自己稍有停歇便会忍不住号啕大哭。男孩就是在那弯弯山道上许下了神圣的誓言：为了心爱的她，我一定要挣很多的钱……

男孩果真没有食言。在那座纸醉金迷的城市，男孩显得格格不入，所有的精彩都与他无关。他在工地上忍辱负重，挥汗如雨，人们都说这小子挣钱不要命，一定是穷疯了！但他并不在乎这些，因为他心里装着女孩，她是他永不枯竭的力量源泉。为能和她在一起，他吃再多的苦、受再大的罪也在所不惜。想起自己所做的一切都是为了他俩共同的幸福时，男孩的心里便溢满了神圣感。

转眼到了春节，民工们都陆续回家过年了，但男孩又主动找了一份看守工地的活。男孩不是不想家，事实上他比谁都想回家，因为家中有朝思暮想的她。其实，他一分钟也不愿在这个鬼地方待下去了，但他还没有挣到足够的钱。他不想让她失望。

第三年春天，男孩揣着一笔不菲的积蓄，步履轻盈地出现在那条弯弯山道上。

临上火车前，他竟还像城里人那样花10元钱买了一束玫瑰。这是男孩走出大山以来第一次出手阔绰地花钱。男孩想让女孩变成世界上最幸福的人。唯恐山风把玫瑰吹坏，男孩便小心翼翼地将玫瑰揣进怀里。

她一定在路的尽头倚门而望吧？男孩感觉幸福伸手可及，不由得加快了脚步。

他走进村里，第一眼便看见了那个抱孩子的妇女。他觉得妇女有些眼熟，便不由自主地多望了一眼。他突然惊呆了，那个少妇竟然是他朝思暮想的女孩！

男孩的嘴巴张得大大的，几乎要窒息而死。他过了好久才缓过神来，幽幽地问女孩，这究竟是怎么了？

他拿玫瑰的手抖颤不已，花瓣簌簌而下。

女孩恍然明白了一切。哽咽道，那天分手以后，我一直站在原地目送你远去，可你一直没有回头望我一眼……我以为你不回头是因为这里没啥可让你留恋的了呢，所以第二年我就依了爹……

虽然时在春天，仿佛已是深秋了。

男孩突然泪如雨下，拼命撕扯着自己枯槁的头发，追悔莫及。

男孩从此懂得，爱是不能光埋在心底的，有时候还要表达出来。哪怕是临别时依依深情地回一回头，便已足够。恋爱中的女孩在乎的就是这些，可自己却偏偏忽略了这些做起来易如反掌的小事。

原载于《东方青年》

大声说你不爱我

文|冯俊杰

这个故事或许比较残酷。

她是个85公斤的胖胖的女孩，爱上一个长相帅气的男孩，可帅哥并不喜欢她，想拒绝她又不想令她太难过，于是就随口戏言道："如果你能把体重减到85斤我就爱你。"

谁都没想到，她把这话当真了。别人笑她傻，可是每一个初次陷入爱情里的人，谁不是热情而盲目，走极端的?

于是她努力减肥，努力到变态的地步。很不幸，因为她采用的方法不当，她把自己减到了医院。那个方法对她的身体造成了极其大的伤害，甚至使她有生命危险。在四周一片雪白的病房里，她哭了。这个时候她最清瘦美丽，是最为标准的85斤，但却是生命垂危的时候。

她让自己的朋友打通了他的电话，她想看见他最后一面而已。但他始终没有出现，也看不到她的美了。他根本就不喜欢她，这个时候更加难堪，不愿意见她。人都是喜欢逃避过错的。就在危急时刻，也许上天怜悯，她侥幸挺过来，捡回一条命。体重慢慢反弹，但憔悴中，她还是比以前漂亮了。

她康复后，再次找到那个帅气的男孩。

那男孩满面羞愧，说不出话。他差一点害她再也看不见这个世界的阳光。男孩终于说话了：对不起，对不起。来来回回地说。她摇头，说，我想请你对我说一句话。

她看着他的眼睛，坚定地说：如果你不爱，就大声地告诉我。许久，男孩轻轻地吐出：我不爱你。她微微地笑了，转身的时候说：谢谢你。

在爱当中你的轻率与随便，会伤害人。不爱就是不爱，没有“如果”，不爱你就大声告诉别人。当你的爱不愿意为一个人开花，就明白地告诉这个人，那么她就可以去找下一朵愿意为她绽放的。不要让轻飘飘的两个字，成为别人顽固守着的一棵死树。

那，是我们对于爱的尊重。

原载于《武汉晨报》

爱就先爱你的坏

文|冯俊杰

他和她相爱差不多有三年了，这三年两人相处得很好，谁也没说过什么。

一天，他下班回家，等了许久才见她回来。似乎因为饿了半天，偶然生出了情绪。抱着膝盖，沉进沙发里，忍不住对她抱怨：才看见一个比喻，发现真是符合你。

她笑着说对不起啦，马上就去做饭。然后问，发现什么比喻适合啊，不会是坏话吧！

他犹豫一下，还是说出口：守着你啊，可真像是守着一只桀骜的猫。冷了来偎依我，饿了来叫我，痒了来摩我，厌了便偷偷地走掉。多希望像守一只狗。不是我守你，是你守我。

说完他就后悔了。他看见她的表情难看起来。她先是愕然，然后火气开始涌上。这是什么话？仔细想，中间有几分夸张，却又多半落到了实际情况上。她赌气摔了一只黄色抱枕，抱枕摔到他的头上，砸出一声被惊吓到的“哎哟”。

最后她摔了门，并且摔下一句话：你的猫，现在走掉了，你看清楚，不是偷偷的。出门了，冷风一吹，才想起何必呢？不过是几句含蓄的比喻，有那么点讽刺。可就这么立刻回去，面子挂不住了。踩着熟悉的路，坐到熟悉的茶餐厅。想起当初承诺，她越发叹息：当初那么温柔相爱。才三年，感情怎么就变成了他的包袱，这样发牢骚。

壁上的钟点走到11点，一个念头习惯性地冒出来：快12点了，他怎么还不寻来接我回去。稍后，回味起来，哑然失笑。还是忍不住数起来：3分钟、10分钟、15分钟……外面已下起雨，30分钟内，他分明手打一把伞，腋下一把伞，朝着她走过来。

一路上她是沉默无语，临进门，她忽然转过头，带着笑意问：其实那个比喻说得非常对。

有没有想过，其实我守着你就像守一只狗，所以才会爱上你，兜兜转转仍然不离开你。你守我像守一只猫，这样你才会爱上我，跌跌撞撞一直到现在。他也笑了。雨水在他的额头闪着光，那一刻他显得温柔而忍耐。

她的意思他已然明白，只有像一只狗的他，才会守着像猫的她。其实各自了解了对方的脾性。在了解后，情感仍然延续到现在。

也许是因为爱一个人，最先爱上的是他的好，最后爱上的却是他的“坏”。于是，爱，也便有了意义，也有了理由延续下来。

原载于《幸福》

爱是不打扰

文|路勇

最近，我受邀参加一次大型笔会，笔会邀请了一位大作家——我仰慕已久的偶像。能与大作家一同与会，并相伴数日之久，我自然是心潮澎湃、激动不已。熟悉我的文友也说：“小路，偶像当前，你别忘了多多请教，最起码也要沾点文气。”

然而，最初的兴奋慢慢褪去，我总是静静地坐在会场一隅，听大作家洋洋洒洒地演说；游山玩水时，我跟随着大作家的脚步，却留在离大作家稍远的位置；当与会文友纷纷向大作家索要墨宝时，我自始至终没提出同样的要求。让我沾文气的文友不解地说：“小路，你确定大作家真的是你的偶像吗？当别的文友围在大作家身边时，你却成为离得最远的人，这实在是一件很吊诡的事。”我笑着说：“敬仰也是一种爱，爱是不打扰，不打扰，是最好的距离。静静听、离得远、不索取，其实也是一种聆听、一种接近、一种收获，这种聆听、接近和收获，不让自己爱的人有负担，这实在是一件非常美妙的事情。”

在媒体上，看到本市有一位见义勇为的好青年，见义勇为后负重伤住进了医院。坦白说，在人情越来越淡薄的今日，见义勇为是一种难得的举动。这样的好青年理应获得关注、关爱和帮助，爱人也跟我说：“你去医院看看他吧，买点鲜花、水果，捐一点现金，算是对他的支持。”当我选好时间准备前往时，电视台的报道让我打消了念头——原来，市民探望青年的热情太高，小小的病房成了花的海洋、水果的仓库，更重要的是，青年的治疗和休养也受到了打扰。报道结束后，荧幕上出现一行红色的提醒语——爱他，就别打扰他。

曾经爱过一个女孩子，是那种很爱很爱的程度，最终爱情的走向却是离别。时间飞逝，旧爱是心底不敢触碰的一根刺，也是暗自沉溺的一抹暖。再次得到她的消息，是10年之后的某一天，往事如放电影般历历在目，来势汹汹地涌上心头。我和她都没能扛得住10年的寂寞——她有了她的他，我也有了我的她。要不要来一次10年之后的重逢？我很纠结该不该再次走向她。朋友却跟我说："跟旧爱最佳的距离就是不打扰，没有互动、没有交集、藏起心中的惦念，才能让她从容、快乐。"

爱是不打扰，亲密有间是一种最好的距离和状态。这样的距离和状态，会让爱如阳光般温暖播撒，倘若执意地贴近，只会如风暴般摧毁珍贵的美好。

原载于《楚天都市报》